D1393404

Alianza Cien

pone al alcance de todos
las mejores obras de la literatura
y el pensamiento universales
en condiciones óptimas de calidad y precio
e incita al lector
al conocimiento más completo de un autor,
invitándole a aprovechar
los escasos momentos de ocio
creados por las nuevas formas de vida.

Alianza Cien

es un reto y una ambiciosa iniciativa cultural

TEXTOS COMPLETOS

JUAN RULFO

Relatos

Alianza Editorial

Diseño de cubierta: Ángel Uriarte

© Clara Aparicio de Rulfo
© Alianza Editorial, S. A. Madrid, 1994
Calle J. I. Luca de Tena, 15, 28027 Madrid; teléf. 741 66 00
ISBN: 84-206-4618-0
Depósito legal: B-2922-94
Impreso en NOVOPRINT, S.A.
Printed in Spain

Nos han dado la tierra

Después de tantas horas de caminar sin encontrar ni una sombra de árbol, ni una semilla de árbol, ni una raíz de nada, se oye el ladrar de los perros.

Uno ha creído a veces, en medio de este camino sin orillas, que nada habría después; que no se podría encontrar nada al otro lado, al final de esta llanura rajada de grietas y de arroyos secos. Pero sí, hay algo. Hay un pueblo. Se oye que ladran los perros y se siente en el aire el olor del humo, y se saborea ese olor de la gente como si fuera una esperanza.

Pero el pueblo está todavía muy allá. Es el viento el que lo acerca.

Hemos venido caminando desde el amanecer. Ahorita son algo así como las cuatro de la tarde. Alguien se asoma al cielo, estira los ojos hacia donde está colgado el sol y dice:

—Son como las cuatro de la tarde.

Ese alguien es Melitón. Junto con él, vamos Faustino, Esteban y yo. Somos cuatro. Yo los cuento: dos adelante, otros dos atrás. Miro más atrás y no veo a nadie. Entonces me digo: «Somos cuatro». Hace rato, como a eso de las once, éramos veintitantos; pero puñito a puñito se han ido desperdigando hasta quedar nada más este nudo que somos nosotros.

Faustino dice:

—Puede que llueva.

Todos levantamos la cara y miramos una nube negra y pesada que pasa por encima de nuestras cabezas. Y pensamos: «Puede que sí».

No decimos lo que pensamos. Hace ya tiempo que se nos acabaron las ganas de hablar. Se nos acabaron con el calor. Uno platicaría muy a gusto en otra parte, pero aquí cuesta trabajo. Uno platica aquí y las palabras se calientan en la boca con el calor de afuera, y se le resecan a uno en la lengua hasta que acaban con el resuello.

Aquí así son las cosas. Por eso a nadie le da por platicar.

Cae una gota de agua, grande, gorda, haciendo un agujero en la tierra y dejando una plasta como la de un salivazo. Cae sola. Nosotros esperamos a que sigan cayendo más. No llueve. Ahora si se mira el cielo se ve a la nube aguacera corriéndose muy lejos, a toda prisa. El viento que viene del pueblo se le arrima empujándola contra las sombras azules de los cerros. Y a la gota caída por equivocación se la come la tierra y la desaparece en su sed.

¿Quién diablos haría este llano tan grande? ¿Para qué sirve, eh?

Hemos vuelto a caminar. Nos habíamos detenido para ver llover. No llovió. Ahora volvemos a caminar. Y a mí se me ocurre que hemos caminado más de lo que llevamos andado. Se me ocurre eso. De haber llovido quizá se me ocurrieran otras cosas. Con todo, yo sé que desde que yo era muchacho, no vi llover nunca sobre el Llano, lo que se llama llover.

No, el Llano no es cosa que sirva. No hay ni conejos ni pájaros. No hay nada. A no ser unos cuantos huizaches trespeleques y una que otra manchita de zacate con las hojas enroscadas; a no ser eso, no hay nada.

Y por aquí vamos nosotros. Los cuatro a pie. Antes andábamos a caballo y traíamos terciada una carabina. Ahora no traemos ni siquiera la carabina.

Yo siempre he pensado que en eso de quitarnos la carabina hicieron bien. Por acá resulta peligroso andar armado. Lo matan a uno sin avisarle, viéndolo a toda hora con «la 30» amarrada a las correas. Pero los caballos son otro asunto. De venir a caballo ya hubiéramos probado el agua verde del río, y paseado nuestros estómagos por las calles del pueblo para que se les bajara la comida. Ya lo hubiéramos hecho de tener todos aquellos caballos que teníamos. Pero también nos quitaron los caballos junto con la carabina.

Vuelvo hacia todos lados y miro el Llano. Tanta y tamaña tierra para nada. Se le resbalan a uno los ojos al no encontrar cosa que los detenga. Sólo unas cuantas lagartijas salen a asomar la cabeza por encima de sus agujeros, y luego que sienten la tatema del sol corren a esconderse en la sombrita de una piedra. Pero nosotros, cuando tengamos que trabajar aquí, ¿qué haremos para enfriarnos del sol, eh? Porque a nosotros nos dieron esta costra de tepetate para que la sembráramos.

Nos dijeron:

—Del pueblo para acá es de ustedes.

Nosotros preguntamos:

—¿El Llano?

—Sí, el Llano. Todo el Llano Grande.

Nosotros paramos la jeta para decir que el Llano no lo queríamos. Que queríamos lo que estaba junto al río. Del río para allá, por las vegas, donde están esos árboles llamados casuarinas y las paraneras y la tierra buena. No este duro pellejo de vaca que se llama el Llano.

Pero no nos dejaron decir nuestras cosas. El delegado no venía a conversar con nosotros. Nos puso los papeles en la mano y nos dijo:

—No se vayan a asustar por tener tanto terreno para ustedes solos.

—Es que el Llano, señor delegado...

—Son miles y miles de yuntas.

—Pero no hay agua. Ni siquiera para hacer un buche hay agua.

—¿Y el temporal? Nadie les dijo que se les iba a dotar con tierras de riego. En cuanto allí llueva, se levantará el maíz como si lo estiraran.

—Pero, señor delegado, la tierra está deslavada, dura. No creemos que el arado se entierre en esa como cantera que es la tierra del Llano. Habría que hacer agujeros con el azadón para sembrar la semilla y ni aun así es positivo que nazca nada; ni maíz ni nada nacerá.

—Eso manifiéstenlo por escrito. Y ahora váyanse. Es al latifundio al que tienen que atacar, no al Gobierno que les da la tierra.

—Espérenos usted, señor delegado. Nosotros no hemos dicho nada contra el Centro. Todo es contra el Llano... No se puede contra lo que no se puede. Eso es lo que hemos dicho... Espérenos usted para explicarle. Mire, vamos a comenzar por donde íbamos...

Pero él no nos quiso oír.

Así nos han dado esta tierra. Y en este comal acalorado quieren que sembremos semillas de algo, para ver si algo retoña y se levanta. Pero nada se levantará de aquí. Ni zopilotes. Uno los ve allá cada y cuando, muy arriba, volando a la carrera; tratando de salir lo más pronto posible de este blanco terregal endurecido, donde nada se mueve y por donde uno camina como reculando.

Melitón dice:

—Ésta es la tierra que nos han dado.

Faustino dice:

—¿Qué?

Yo no digo nada. Yo pienso: «Melitón no tiene la cabeza en su lugar. Ha de ser el calor el que lo hace hablar así. El calor que le ha traspasado el sombrero y le ha calentado la cabeza. Y si no, ¿por qué dice lo que dice? ¿Cuál tierra nos han dado, Melitón? Aquí no hay ni la tantita que necesitaría el viento para jugar a los remolinos.»

Melitón vuelve a decir:

—Servirá de algo. Servirá aunque sea para correr yeguas.

—¿Cuáles yeguas? —le pregunta Esteban.

Yo no me había fijado bien a bien en Esteban. Ahora que habla, me fijo en él. Lleva puesto un gabán que le llega al ombligo, y debajo del gabán saca la cabeza algo así como una gallina.

Sí, es una gallina colorada la que lleva Esteban debajo del gabán. Se le ven los ojos dormidos y el pico abierto como si bostezara. Yo le pregunto:

—Oye, Teban, ¿dónde pepenaste esa gallina?

—Es la mía —dice él.

—No la traías antes. ¿Dónde la mercaste, eh?

—No la merqué, es la gallina de mi corral.

—Entonces te la trajiste de bastimento, ¿no?

—No, la traigo para cuidarla. Mi casa se quedó sola y sin nadie para que le diera de comer; por eso me la traje. Siempre que salgo lejos cargo con ella.

—Allí escondida se te va a ahogar. Mejor sácala al aire.

Él se la acomoda debajo del brazo y le sopla el aire caliente de su boca. Luego dice:

—Estamos llegando al derrumbadero.

Yo ya no oigo lo que sigue diciendo Esteban. Nos hemos puesto en fila para bajar la barranca y él va mero adelante. Se ve que ha agarrado a la gallina por las patas y la zangolotea a cada rato, para no golpearle la cabeza contra las piedras.

Conforme bajamos, la tierra se hace buena. Sube polvo desde nosotros como si fuera un atajo de mulas lo que bajara por allí; pero nos gusta llenarnos de polvo. Nos gusta. Después de venir durante once horas pisando la dureza del Llano, nos sentimos muy a gusto envueltos en aquella cosa que brinca sobre nosotros y sabe a tierra.

Por encima del río, sobre las copas verdes de las casuarinas, vuelan parvadas de chachalacas verdes. Eso también es lo que nos gusta.

Ahora los ladridos de los perros se oyen aquí, junto a nosotros, y es que el viento que viene del pueblo retacha en la barranca y la llena de todos sus ruidos.

Esteban ha vuelto a abrazar su gallina cuando nos acercamos a las primeras casas. Le desata las patas para desentumecerla, y luego él y su gallina desaparecen detrás de unos tepemezquites.

—¡Por aquí arriendo yo! —nos dice Esteban.

Nosotros seguimos adelante, más adentro del pueblo.

La tierra que nos han dado está allá arriba.

El Llano en llamas

> Ya mataron a la perra,
> pero quedan los perritos...
> *Corrido popular*

«¡Viva Petronilo Flores!»

El grito se vino rebotando por los paredones de la barranca y subió hasta donde estábamos nosotros. Luego se deshizo.

Por un rato, el viento que soplaba desde abajo nos trajo un tumulto de voces amontonadas, haciendo un ruido igual al que hace el agua crecida cuando rueda sobre pedregales.

En seguida, saliendo de allá mismo, otro grito torció por el recodo de la barranca, volvió a rebotar en los paredones y llegó todavía con fuerza junto a nosotros:

«¡Viva mi general Petronilo Flores!»

Nosotros nos miramos.

La Perra se levantó despacio, quitó el cartucho a la carga de su carabina y se lo guardó en la bolsa de la camisa. Después se arrimó a donde estaban *los Cuatro* y les dijo: «¡Síganme, muchachos, vamos a ver qué toritos toreamos!» Los cuatro hermanos Benavides se fueron detrás de él, agachados; solamente *la Perra* iba bien tieso, asomando la mitad de su cuerpo flaco por encima de la cerca.

Nosotros seguimos allí, sin movernos. Estábamos alineados al pie del lienzo, tirados panza arriba, como iguanas calentándose al sol.

La cerca de piedra culebreaba mucho al subir y bajar por las lomas, y ellos, *la Perra* y *los Cuatro,* iban también culebreando como si fueran con los pies trabados. Así los vimos perderse de nuestros ojos. Luego volvimos la cara para ver otra vez hacia arriba y miramos las ramas bajas de los amoles que nos daban tantita sombra.

Olía a eso: a sombra recalentada por el sol. A amoles podridos.

Se sentía el sueño del mediodía.

La boruca que venía de allá abajo se salía a cada rato de la barranca y nos sacudía el cuerpo para que no nos durmiéramos. Y aunque queríamos oír, parando bien la oreja, sólo nos llegaba la boruca: un remolino de murmullos, como si se estuviera oyendo de muy lejos el rumor que hacen las carretas al pasar por un callejón pedregoso.

De repente sonó un tiro. Lo repitió la barranca como si estuviera derrumbándose. Eso hizo que las cosas despertaran: volaron los totochilos, esos pájaros colorados que habíamos estado viendo jugar entre los amoles. En seguida las chicharras, que se habían dormido a ras del mediodía, también despertaron llenando la tierra de rechinidos.

—¿Qué fue? —preguntó Pedro Zamora, todavía medio amodorrado por la siesta.

Entonces *el Chihuila* se levantó y, arrastrando su carabina como si fuera un leño, se encaminó detrás de los que se habían ido.

—Voy a ver qué fue lo que fue —dijo perdiéndose también como los otros.

El chirriar de las chicharras aumentó de tal modo que nos dejó sordos y no nos dimos cuenta de la hora en que ellos aparecieron por allí. Cuando menos acordamos aquí estaban ya, mero enfrente de nosotros, todos desguarnecidos. Parecían ir de paso, ajuareados para otros apuros y no para éste de ahorita.

Nos dimos vuelta y los miramos por la mira de las troneras.

Pasaron los primeros, luego los segundos y otros más, con el cuerpo echado para adelante, jorobados de sueño. Les relumbraba la cara de sudor, como si la hubieran zambullido en el agua al pasar por el arroyo.

Siguieron pasando.

Llegó la señal. Se oyó un chillido largo y comenzó la tracatera allá lejos, por donde se había ido *la Perra*. Luego siguió aquí. Fue fácil. Casi tapaban el agujero de las troneras con su bulto, de modo que aquello era como tirarles a boca de jarro y hacerles pegar tamaño respingo de la vida a la muerte sin que apenas se dieran cuenta.

Pero esto duró muy poquito. Si acaso la primera y la segunda descarga. Pronto quedó vacío el hueco de la tronera por donde, asomándose uno, sólo se vía a los que estaban acostados en mitad del camino, medio torcidos, como si alguien los hubiera venido a tirar allí. Los vivos desaparecieron. Después volvieron a aparecer, pero por lo pronto ya no estaban allí.

Para la siguiente descarga tuvimos que esperar.

Alguno de nosotros gritó: «¡Viva Pedro Zamora!»

Del otro lado respondieron, casi en secreto: «¡Sálvame, patroncito! ¡Sálvame! ¡Santo Niño de Atocha, socórreme!»

Pasaron los pájaros. Bandadas de tordos cruzaron por encima de nosotros hacia los cerros.

La tercera descarga nos llegó por detrás. Brotó de ellos, haciéndonos brincar hasta el otro lado de la cerca, hasta más allá de los muertos que nosotros habíamos matado.

Luego comenzó la correteza por entre los matorrales. Sentíamos las balas pajueleándonos los talones, como si hubiéramos caído sobre un enjambre de chapulines. Y de vez en cuando, y cada vez más seguido, pegando mero en medio de alguno de nosotros que se quebraba con un crujido de huesos.

Corrimos. Llegamos al borde de la barranca y nos dejamos descolgar por allí como si nos despeñáramos.

Ellos seguían disparando. Siguieron disparando todavía después que habíamos subido hasta el otro lado, a gatas, como tejones espantados por la lumbre.

«¡Viva mi general Petronilo Flores, hijos de la tal por cual!», nos gritaron otra vez. Y el grito se fue, rebotando como el trueno de una tormenta, barranca abajo.

Nos quedamos agazapados detrás de unas piedras grandes y boludas, todavía resollando fuerte por la carrera. Solamente mirábamos a Pedro Zamora preguntándole con los ojos qué era lo que nos había pasado. Pero él también nos miraba sin decirnos nada. Era como si se nos hubiera acabado el habla a todos o como si la lengua se nos hubiera hecho bola como la de los pericos y nos costara trabajo soltarla para que dijera algo.

Pedro Zamora nos seguía mirando. Estaba haciendo sus cuentas con los ojos; con aquellos ojos que él tenía, todos enrojecidos, como si los trajera siempre desvelados. Nos contaba de uno en uno. Sabía ya cuántos éramos los que estábamos allí, pero parecía no estar seguro todavía; por eso nos repasaba una vez y otra y otra.

Faltaban algunos: once o doce, sin contar a *la Perra* y al *Chihuila* y a los que habían arrendado con ellos. *El Chihuila* bien pudiera ser que estuviera horquetado arriba de algún amole, acostado sobre su retrocarga, aguardando a que se fueran los federales.

Los Joseses, los dos hijos de *la Perra,* fueron los primeros en levantar la cabeza, luego el cuerpo. Por fin caminaron de un lado a otro esperando que Pedro Zamora les dijera algo. Y dijo:

—Otro agarre como éste y nos acaban.

En seguida, atragantándose como si tragara un buche de coraje, les gritó a los Joseses:

—¡Ya sé que falta su padre, pero aguántense, aguántense tantito! ¡Iremos por él!

Una bala disparada de allá hizo volar una parvada de tildíos en la ladera de enfrente. Los pájaros cayeron sobre la barranca y revolotearon hasta cerca de nosotros; luego, al vernos, se asustaron, dieron me'ia vuelta relumbrando contra el sol y volvieron a llena. 'e gritos los árboles de la ladera de enfrente.

Los Joseses volvieron al lugar de antes y se acuclillaron en silencio.

Así estuvimos toda la tarde. Cuando empezó a bajar la noche llegó *el Chihuila* acompañado de uno de *los Cuatro.* Nos dijeron que venían de allá abajo, de la Piedra Lisa, pero no supieron decirnos si ya se habían retirado los federales. Lo cierto es que todo parecía estar en calma. De vez en cuando se oían los aullidos de los coyotes.

—¡Epa tú, *Pichón*! —me dijo Pedro Zamora—. Te voy a dar la encomienda de que vayas con los Joseses hasta Piedra Lisa y vean a ver qué le pasó a *la Perra*. Si está muerto, pos entiérrenlo. Y hagan lo mismo con los otros. A los heridos déjenlos encima de algo para que los vean los guanchos; pero no se traigan a nadie.

—Eso haremos.

Y nos fuimos.

Los coyotes se oían más cerquita cuando llegamos al corral donde habíamos encerrado la caballada.

Ya no había caballos, sólo estaba un burro trasijado que ya vivía allí desde antes que nosotros viniéramos. De seguro los federales habían cargado con los caballos.

Encontramos al resto de *los Cuatro* detrasito de unos matojos, los tres juntos, encaramados uno encima de otro como si los hubieran apilado allí. Les alzamos la cabeza y se la zangoloteamos un poquito para ver si alguno daba todavía señales; pero no, ya estaban bien difuntos. En el aguaje estaba otro de los nuestros con las costillas de fuera como si lo hubieran macheteado. Y recorriendo el lienzo de arriba abajo encontramos uno aquí y otro más allá, casi todos con la cara renegrida.

—A éstos los remataron, no tiene ni qué —dijo uno de los Joseses.

Nos pusimos a buscar a *la Perra;* a no hacer caso de ningún otro sino de encontrar a la mentada *Perra*.

No dimos con él.

«Se lo han de haber llevado —pensamos—. Se lo han de haber llevado para enseñárselo al gobierno»; pero, aun así, seguimos buscando por todas partes, entre el rastrojo. Los coyotes seguían aullando.

Siguieron aullando toda la noche.

Pocos días después, en el Armería, al ir pasando el río, nos volvimos a encontrar con Petronilo Flores. Dimos marcha atrás, pero ya era tarde. Fue como si nos fusilaran. Pedro Zamora pasó por delante haciendo galopar aquel macho barcino y chaparrito que era el mejor animal que yo había conocido. Y detrás de él, nosotros en manada, agachados sobre el pescuezo de los caballos. De todos modos la matazón fue grande. No me di cuenta de pronto porque me hundí en el río debajo de mi caballo muerto, y la corriente nos arrastró a los dos, lejos, hasta un remanso bajito de agua y lleno de arena.

Aquél fue el último agarre que tuvimos con las fuerzas de Petronilo Flores. Después ya no peleamos. Para decir mejor las cosas, ya teníamos algún tiempo sin pelear, sólo de andar huyendo el bulto; por eso resolvimos remontarnos los pocos que quedamos, echándonos al cerro para escondernos de la persecución. Y acabamos por ser unos grupitos tan ralos que ya nadie nos tenía miedo. Ya nadie corría gritando: «¡Allí vienen los de Zamora!»

Había vuelto la paz al Llano Grande.

Pero no por mucho tiempo.

Hacía cosa de ocho meses que estábamos escondidos en el escondrijo del cañón del Tozín, allí donde el río Armería se encajona durante muchas horas para dejarse caer sobre la costa. Esperábamos dejar pasar los años para luego volver al mundo, cuando ya nadie se acordara de nosotros. Habíamos comenzado a criar gallinas y de vez en cuando subíamos a la sierra en busca de venados. Éramos cinco, casi cuatro, porque a uno de los Joseses se le había gangrenado una pierna por el balazo que le dieron abajito de la nalga, allá, cuando nos balacearon por detrás.

Estábamos allí, empezando a sentir que ya no servíamos para nada. Y de no saber que nos colgarían a todos, hubiéramos ido a pacificarnos.

Pero en eso apareció un tal Armancio Alcalá, que era el que le hacía los recados y las cartas a Pedro Zamora.

Fue de mañanita, mientras nos ocupábamos en destazar una vaca, cuando oímos el pitido del cuerno. Venía de muy lejos, por el rumbo del Llano. Pasado un rato volvió a oírse. Era como el bramido de un toro: primero agudo, luego ronco, luego otra vez agudo. El eco lo alargaba más y más y lo traía aquí cerca, hasta que el ronroneo del río lo apagaba.

Y ya estaba para salir el sol, cuando el tal Alcalá se dejó ver asomándose por entre los sabinos. Traía terciadas dos carrilleras con cartuchos del «44» y en las ancas de su caballo venía atravesado un montón de rifles como si fuera una maleta.

Se apeó del macho. Nos repartió las carabinas y volvió a hacer la maleta con las que le sobraban.

—Si no tienen nada urgente que hacer de hoy a mañana, pónganse listos para salir a San Buenaventura. Allí los está aguardando Pedro Zamora. En mientras, yo voy un poquito más abajo a buscar a *los Zanates*. Luego volveré.

Al día siguiente volvió, ya de atardecida. Y sí, con él venían *los Zanates*. Se les veía la cara prieta entre el pardear de la tarde. También venían otros tres que no conocíamos.

—En el camino conseguiremos caballos —nos dijo. Y lo seguimos.

Desde mucho antes de llegar a San Buenaventura nos dimos cuenta de que los ranchos estaban ardiendo. De los trojes de la hacienda se alzaba más alta la llamarada, como si estuviera quemándose un charco de aguarrás. Las chispas volaban y se hacían rosca en la oscuridad del cielo formando grandes nubes alumbradas.

Seguimos caminando de frente, encandilados por la luminaria de San Buenaventura, como si algo nos dijera que nuestro trabajo era estar allí, para acabar con lo que quedara.

Pero no habíamos alcanzado a llegar cuando encontramos a los primeros de a caballo que venían al trote, con la soga morreada en la cabeza de la silla y tirando, unos, de hombres pialados que, en ratos, todavía caminaban sobre sus manos, y otros, de hombres a los que ya se les habían caído las manos y traían descolgada la cabeza. Los miramos pasar. Más atrás venían Pedro Zamora y mucha gente a caballo. Mucha más gente que nunca. Nos dio gusto.

Daba gusto mirar aquella larga fila de hombres cruzando el Llano Grande otra vez, como en los tiempos buenos. Como al principio, cuando nos habíamos levantado de la tierra como huizapoles maduros aventados por el viento, para llenar de terror todos los alrededores del Llano. Hubo un tiempo que así fue. Y ahora parecía volver.

De allí nos encaminamos hacia San Pedro. Le prendimos fuego y luego la emprendimos rumbo al Petacal. Era la época en que el maíz ya estaba por pizcarse y las

19

milpas se veían secas y dobladas por los ventarrones que soplan por este tiempo sobre el Llano. Así que se veía muy bonito ver caminar el fuego en los potreros; ver hecho una pura brasa casi todo el Llano en la quemazón aquella, con el humo ondulado por arriba; aquel humo oloroso a carrizo y a miel, porque la lumbre había llegado también a los cañaverales.

Y de entre el humo íbamos saliendo nosotros, como espantajos, con la cara tiznada, arreando ganado de aquí y de allá para juntarlo en algún lugar y quitarle el pellejo. Ése era ahora nuestro negocio: los cueros de ganado.

Porque, como nos dijo Pedro Zamora: «Esta revolución la vamos a hacer con el dinero de los ricos. Ellos pagarán las armas y los gastos que cueste esta revolución que estamos haciendo. Y aunque no tenemos por ahorita ninguna bandera por qué pelear, debemos apurarnos a amontonar dinero, para que cuando vengan las tropas del gobierno vean que somos poderosos.» Eso nos dijo.

Y cuando al fin volvieron las tropas, se soltaron matándonos otra vez como antes, aunque no con la misma facilidad. Ahora se veía a leguas que nos tenían miedo.

Pero nosotros también les teníamos miedo. Era de verse cómo se nos atoraban los güevos en el pescuezo con sólo oír el ruido que hacían sus guarniciones o las pezuñas de sus caballos al golpear las piedras de algún camino, donde estábamos esperando para tenderles una emboscada. Al verlos pasar, casi sentíamos que nos miraban de reojo y como diciendo: «Ya los venteamos, nomás nos estamos haciendo disimulados.»

Y así parecía ser, porque de buenas a primeras se echaban sobre el suelo, afortinados detrás de sus caballos y nos resistían allí, hasta que otros nos iban cercando poquito a poco, agarrándonos como a gallinas acorraladas. Desde entonces supimos que a ese paso no íbamos a durar mucho, aunque éramos muchos.

Y es que ya no se trataba de aquella gente del general Urbano, que nos habían echado al principio y que se asustaban a puros gritos y sombrerazos; aquellos hombres sacados a la fuerza de sus ranchos para que nos combatieran y que sólo cuando nos veían poquitos se iban sobre nosotros. Ésos ya se habían acabado. Después vinieron otros; pero estos últimos eran los peores. Ahora era un tal Olachea, con gente aguantadora y entrona; con alteños traídos desde Teocaltiche, revueltos con indios tepehuanes: unos indios mechudos, acostumbrados a no comer en muchos días y que a veces se estaban horas enteras espiándolo a uno con el ojo fijo y sin parpadear, esperando a que uno asomara la cabeza para dejar ir, derechito a uno, una de esas balas largas de «30-30» que quebraban el espinazo como si se rompiera una rama podrida.

No tiene ni qué, que era más fácil caer sobre los ranchos en lugar de estar emboscado a las tropas del gobierno. Por eso nos desperdigamos, y con un puñito aquí y otro más allá hicimos más perjuicios que nunca, siempre a la carrera, pegando la patada y corriendo como mulas brutas.

Y así, mientras en las faldas del volcán se estaban quemando los ranchos del Jazmín, otros bajábamos de repente sobre los destacamentos, arrastrando ramas de huizache y haciendo creer a la gente que éramos muchos, escondidos entre la polvareda y la fritería que armábamos.

Los soldados mejor se quedaban quietos, esperando. Estuvieron un tiempo yendo de un lado para otro, y ora iban para adelante y ora para atrás, como atarantados. Y desde aquí se veían las fogatas en la sierra, grandes incendios como si estuvieran quemando los desmontes. Desde aquí veíamos arder día y noche las cuadrillas y los ranchos y a veces algunos pueblos más grandes, como Tuzamilpa y Zapotitlán, que iluminaban la noche. Y los hombres de Olachea salían para allá, forzando la marcha; pero cuando llegaban, comenzaba a arder Totolimispa, muy acá, muy atrás de ellos.

Era bonito ver aquello. Salir de pronto de la maraña de los tepemezquites cuando ya los soldados se iban con sus ganas de pelear, y verlos atravesar el Llano vacío, sin enemigo al frente, como si se zambulleran en el agua honda y sin fondo que era aquella gran herradura del Llano encerrada entre montañas.

Quemamos el Cuastecomate y jugamos allí a los toros. A Pedro Zamora le gustaba mucho este juego del toro.

Los federales se habían ido por el rumbo de Autlán, en busca de un lugar que le dicen La Purificación, donde según ellos estaba la nidada de bandidos de donde habíamos salido nosotros. Se fueron y nos dejaron solos en el Cuastecomate.

Allí hubo modo de jugar al toro. Se les habían quedado olvidados ocho soldados, además del administrador y el caporal de la hacienda. Fueron dos días de toros.

Tuvimos que hacer un corralito redondo como esos que se usan para encerrar chivas, para que sirviera de plaza. Y nosotros nos sentamos sobre las trancas para no dejar salir a los toreros, que corrían muy fuerte en cuanto veían el verduguillo con que los quería cornear Pedro Zamora.

Los ocho soldaditos sirvieron para una tarde. Los otros dos para la otra. Y el que costó más trabajo fue aquel caporal flaco y largo como garrocha de otate, que escurría el bulto sólo con ladearse un poquito. En cambio, el administrador se murió luego luego. Estaba chaparrito y hobachón y no usó ninguna maña para sacarle el cuerpo al verduguillo. Se murió muy callado, casi sin moverse y como si él mismo hubiera querido ensartarse. Pero el caporal sí costó trabajo.

Pedro Zamora les había prestado una cobija a cada uno, y ésa fue la causa de que al menos el caporal se haya defendido tan bien de los verduguillos con aquella pesada y gruesa cobija; pues en cuanto supo a qué atenerse, se dedicó a zangolotear la cobija contra el verduguillo que se le dejaba ir derecho, y así lo capoteó hasta cansar a Pedro Zamora. Se veía a las claras lo cansado que ya estaba de andar correteando al caporal, sin poder darle sino unos cuantos pespuntes. Y perdió la paciencia. Dejó las cosas como estaban y, de repente, en lugar de tirar derecho como lo hacen los toros, le buscó al del Cuastecomate las costillas con el verduguillo, haciéndole a un lado la cobija con la otra mano. El caporal pareció no darse cuenta de lo que había pasado, porque todavía anduvo un buen rato sacudiendo la frazada de arriba abajo como si se anduviera espantando las avispas. Sólo cuando vio su sangre dándole vueltas por la cintura dejó de moverse. Se asustó y trató de taparse con sus dedos el agujero que se le había hecho en las costillas, por donde le salía en un solo chorro la cosa aquella colorada que lo

23

hacía ponerse más descolorido. Luego se quedó tirado en medio del corral mirándonos a todos. Y allí se estuvo hasta que lo colgamos, porque de otra manera hubiera tardado mucho en morirse.

Desde entonces, Pedro Zamora jugó al toro más seguido, mientras hubo modo.

Por ese tiempo casi todos éramos «abajeños», desde Pedro Zamora para abajo; después se nos juntó gente de otras partes: los indios güeros de Zacoalco, zanconzotes y con caras como de requesón. Y aquellos otros de la tierra fría, que se decían de Mazamitla y que siempre andaban ensarapados como si a todas horas estuvieran cayendo las aguasnieves. A estos últimos se les quitaba el hambre con el calor, y por eso Pedro Zamora los mandó a cuidar el puerto de los Volcanes, allá arriba, donde no había sino pura arena y rocas lavadas por el viento. Pero los indios güeros pronto se encariñaron con Pedro Zamora y no se quisieron separar de él. Iban siempre pegaditos a él, haciéndole sombra y todos los mandados que él quería que hicieran. A veces hasta se robaban las mejores muchachas que había en los pueblos para que él se encargara de ellas.

Me acuerdo muy bien de todo. De las noches que pasábamos en la sierra, caminando sin hacer ruido y con muchas ganas de dormir, cuando ya las tropas nos seguían de muy cerquita el rastro. Todavía veo a Pedro Zamora con su cobija solferina enrollada en los hombros cuidando que ninguno se quedara rezagado:

—¡Epa, tú, Pitasio, métele espuelas a ese caballo! ¡Y usté no se me duerma, Reséndiz, que lo necesito para platicar!

Sí, él nos cuidaba. Íbamos caminando mero en medio de la noche, con los ojos aturdidos de sueño y con la idea ida; pero él, que nos conocía a todos, nos hablaba para que levantáramos la cabeza. Sentíamos aquellos ojos bien abiertos de él, que no dormían y que estaban acostumbrados a ver de noche y a conocernos en lo oscuro. Nos contaba a todos, de uno en uno, como quien está contando dinero. Luego se iba a nuestro lado. Oíamos las pisadas de su caballo y sabíamos que sus ojos estaban siempre alertas; por eso todos, sin quejarnos del frío ni del sueño que hacía, callados, los seguíamos como si estuviéramos ciegos.

Pero la cosa se descompuso por completo desde el descarrilamiento del tren en la cuesta de Sayula. De no haber sucedido eso, quizá todavía estuvieran vivos Pedro Zamora y *el Chino* Arias y *el Chihuila* y tantos otros, y la revuelta hubiera seguido por el buen camino. Pero Pedro Zamora le picó la cresta al gobierno con el descarrilamiento del tren de Sayula.

Todavía veo las luces de las llamaradas que se alzaban allí donde apilaron a los muertos. Los juntaban con palas o los hacían rodar como troncos hasta el fondo de la cuesta, y cuando el montón se hacía grande, lo empapaban con petróleo y le prendían fuego. La jedentina se la llevaba el aire muy lejos, y muchos días después todavía se sentía el olor a muerto chamuscado.

Tantito antes no sabíamos bien a bien lo que iba a suceder. Habíamos regado de cuernos y huesos de vaca un tramo largo de la vía y, por si esto fuera poco, habíamos abierto los rieles allí donde el tren iría a entrar en la curva. Hicimos eso y esperamos.

La madrugada estaba comenzando a dar luz a las cosas. Se veía ya casi claramente a la gente apeñuscada en el techo de los carros. Se oía que algunos cantaban. Eran voces de hombres y de mujeres. Pasaron frente a nosotros todavía medio ensombrecidos por la noche, pero pudimos ver que eran soldados con sus galletas. Esperamos. El tren no se detuvo.

De haber querido lo hubiéramos tiroteado, porque el tren caminaba despacio y jadeaba como si a puros pujidos quisiera subir la cuesta. Hubiéramos podido hasta platicar con ellos un rato. Pero las cosas eran de otro modo.

Ellos empezaron a darse cuenta de lo que les pasaba cuando sintieron bambolearse los carros, cimbrarse el tren como si alguien lo estuviera sacudiendo. Luego la máquina se vino para atrás, arrastrada y fuera de la vía por los carros pesados y llenos de gente. Daba unos silbatazos roncos y tristes y muy largos. Pero nadie la ayudaba. Seguía hacia atrás, arrastrada por aquel tren al que no se le veía fin, hasta que le faltó tierra y yéndose de lado cayó al fondo de la barranca. Entonces los carros la siguieron, uno tras otro, a toda prisa, tumbándose cada uno en su lugar allá abajo. Después todo se quedó en silencio como si todos, hasta nosotros, nos hubiéramos muerto.

Así pasó aquello.

Cuando los vivos comenzaron a salir de entre las astillas de los carros, nosotros nos retiramos de allí, acalambrados de miedo.

Estuvimos escondidos varios días; pero los federales nos fueron a sacar de nuestro escondite. Ya no nos dieron paz; ni siquiera para mascar un pedazo de cecina en paz. Hicieron que se nos acabaran las horas de dormir y de comer, y que los días y las noches fueran iguales para nosotros. Quisimos llegar al cañón del Tozín; pero el gobierno llegó primero que nosotros. Faldeamos el volcán. Subimos a los montes más altos y allí, en ese lugar que le dicen el Camino de Dios, encontramos otra vez al gobierno tirando a matar. Sentíamos cómo bajaban las balas sobre nosotros, en rachas apretadas, calentando el aire que nos rodeaba. Y hasta las piedras detrás de las que nos escondíamos se hacían trizas una tras otra como si fueran terrones. Después supimos que eran ametralladoras aquellas carabinas con que disparaban ahora sobre nosotros y que dejaban hecho una coladera el cuerpo de uno; pero entonces creímos que eran muchos soldados, por miles, y todo lo que queríamos era correr de ellos.

Corrimos los que pudimos. En el Camino de Dios se quedó *el Chihuila,* atejonado detrás de un madroño, con la cobija envuelta en el pescuezo como si se estuviera defendiendo del frío. Se nos quedó mirando cuando nos íbamos cada quien por su lado para repartirnos la muerte. Y él parecía estar riéndose de nosotros, con sus dientes pelones, colorado de sangre.

Aquella desparramada que nos dimos fue buena para muchos; pero a otros les fue mal. Era raro que no viéramos colgado de los pies a alguno de los nuestros en cualquier palo de algún camino. Allí duraban hasta que se hacían viejos y se arriscaban como pellejos sin curtir. Los zopilotes se los comían por dentro, sacándoles las tripas, hasta dejar la pura cáscara. Y como los colgaban alto, allá se estaban campaneándose al soplo del aire muchos días, a veces meses, a veces ya nada más las puras tilangas de los pantalones bulléndose con el viento como si alguien las hubiera puesto a secar allí. Y uno sentía que la cosa ahora sí iba de veras al ver aquello.

Algunos ganamos para el Cerro Grande y arrastrándonos como víboras pasábamos el tiempo mirando hacia el Llano, hacia aquella tierra de allá abajo donde habíamos nacido y vivido y donde ahora nos estaban aguardando para matarnos. A veces hasta nos asustaba la sombra de las nubes.

Hubiéramos ido de buena gana a decirle a alguien que ya no éramos gente de pleito y que nos dejaran estar en paz; pero, de tanto daño que hicimos por un lado y otro, la gente se había vuelto matrera y lo único que habíamos logrado era agenciarnos enemigos. Hasta los indios de acá arriba ya no nos querían. Dijeron que les habíamos matado sus animalitos. Y ahora cargan armas que les dio el gobierno y nos han mandado decir que nos matarán en cuanto nos vean.

«No queremos verlos; pero si los vemos los matamos», nos mandaron decir.

De este modo se nos fue acabando la tierra. Casi no nos quedaba ya ni el pedazo que pudiéramos necesitar para que nos enterraran. Por eso decidimos separarnos los últimos, cada quien arrendando por distinto rumbo.

Con Pedro Zamora anduve cosa de cinco años. Días buenos, días malos, se ajustaron cinco años. Después ya no lo volví a ver. Dicen que se fue a México detrás de una mujer y que por allá lo mataron. Algunos estuvimos esperando a que regresara, que cualquier día apareciera de nuevo para volvernos a levantar en armas; pero nos cansamos de esperar. Es todavía la hora en que no ha vuelto. Lo mataron por allá. Uno que estuvo conmigo en la cárcel me contó eso de que lo habían matado.

Yo salí de la cárcel hace tres años. Me castigaron allí por muchos delitos; pero no porque hubiera andado con Pedro Zamora. Eso no lo supieron ellos. Me agarraron por otras cosas, entre otras por la mala costumbre que yo tenía de robar muchachas. Ahora vive conmigo una de ellas, quizá la mejor y más buena de todas las mujeres que hay en el mundo. La que estaba allí, afuerita de la cárcel, esperando quién sabe desde cuándo a que me soltaran.

—¡*Pichón*, te estoy esperando a ti! —me dijo—. ¡Te he estado esperando desde hace mucho tiempo!

Yo entonces pensé que me esperaba para matarme. Allá como entre sueños me acordé de quién era ella. Volví a sentir el agua fría de la tormenta que estaba cayendo sobre Telcampana, esa noche que entramos allí y arrasamos el pueblo. Casi estaba seguro de que su padre era aquel viejo al que le dimos su aplaque cuando ya íbamos de salida; al que alguno de nosotros le descerrajó un tiro en la cabeza mientras yo me echaba a su hija sobre la silla del caballo y le daba unos cuantos coscorrones para que se calmara y no me siguiera mordiendo. Era una muchachita de unos catorce años, de ojos bonitos, que me dio mucha guerra y me costó buen trabajo amansarla.

—Tengo un hijo tuyo —me dijo después—. Allí está.

Y apuntó con el dedo a un muchacho largo con los ojos azorados:

—¡Quítate el sombrero, para que te vea tu padre!

Y el muchacho se quitó el sombrero. Era igualito a mí y con algo de maldad en la mirada. Algo de eso tenía que haber sacado de su padre.

—También a él le dicen *el Pichón* —volvió a decir la

mujer, aquella que ahora es mi mujer—. Pero él no es ningún bandido ni ningún asesino. Él es gente buena.

Yo agaché la cabeza.

¡Diles que no me maten!

—¡Diles que no me maten, Justino! Anda, vete a decirles eso. Que por caridad. Así diles. Diles que lo hagan por caridad.

—No puedo. Hay allí un sargento que no quiere oír hablar nada de ti.

—Haz que te oiga. Date tus mañas y dile que para sustos ya ha estado bueno. Dile que lo haga por caridad de Dios.

—No se trata de sustos. Parece que te van a matar de a de veras. Y yo ya no quiero volver allá.

—Anda otra vez. Solamente otra vez, a ver qué consigues.

—No. No tengo ganas de ir. Según eso, yo soy tu hijo. Y si voy mucho con ellos, acabarán por saber quién soy y les dará por afusilarme a mí también. Es mejor dejar las cosas de este tamaño.

—Anda, Justino. Diles que tengan tantita lástima de mí. Nomás eso diles.

Justino apretó los dientes y movió la cabeza diciendo:

—No.

Y siguió sacudiendo la cabeza durante mucho rato.

—Dile al sargento que te deje ver al coronel. Y cuéntale lo viejo que estoy. Lo poco que valgo. ¿Qué ganancia sacará con matarme? Ninguna ganancia. Al fin y al cabo él debe de tener un alma. Dile que lo haga por la bendita salvación de su alma.

Justino se levantó de la pila de piedras en que estaba sentado y caminó hasta la puerta del corral. Luego se dio vuelta para decir:

—Voy, pues. Pero si de perdida me afusilan a mí también, ¿quién cuidará de mi mujer y de los hijos?

—La Providencia, Justino. Ella se encargará de ellos. Ocúpate de ir allá y ver qué cosas haces por mí. Eso es lo que urge.

Lo habían traído de madrugada. Y ahora era ya entrada la mañana y él seguía todavía allí, amarrado a un horcón, esperando. No se podía estar quieto. Había hecho el intento de dormir un rato para apaciguarse, pero el sueño se le había ido. También se le había ido el hambre. No tenía ganas de nada. Sólo de vivir. Ahora que sabía bien a bien que lo iban a matar, le habían entrado unas ganas tan grandes de vivir como sólo las puede sentir un recién resucitado.

Quién le iba a decir que volvería aquel asunto tan viejo, tan rancio, tan enterrado como creía que estaba. Aquel asunto de cuando tuvo que matar a don Lupe. No nada más por nomás como quisieron hacerle ver los de Alima, sino porque tuvo sus razones. Él se acordaba:

Don Lupe Terreros, el dueño de la Puerta de Piedra, por más señas su compadre. Al que él, Juvencio Nava, tuvo que matar por eso; por ser el dueño de la Puerta de Piedra y que, siendo también su compadre, le negó el pasto para sus animales.

Primero se aguantó por puro compromiso. Pero después, cuando la sequía, en que vio cómo se le morían uno tras otro sus animales hostigados por el hambre y que su compadre don Lupe seguía negándole la yerba de sus potreros, entonces fue cuando se puso a romper la cerca y a arrear la bola de animales flacos hasta las paraneras para que se hartaran de comer. Y eso no le había gustado a don Lupe, que mandó tapar otra vez la cerca para que él, Juvencio Nava, le volviera a abrir otra vez el agujero.

Así, de día se tapaba el agujero y de noche se volvía a abrir, mientras el ganado estaba allí, siempre pegado a la cerca, siempre esperando; aquel ganado suyo que antes nomás se vivía oliendo el pasto sin poder probarlo.

Y él y don Lupe alegaban y volvían a alegar sin llegar a ponerse de acuerdo.

Hasta que una vez don Lupe le dijo:

—Mira, Juvencio, otro animal más que metas al potrero y te lo mato.

Y él contestó:

—Mire, don Lupe, yo no tengo la culpa de que los animales busquen su acomodo. Ellos son inocentes. Ahí se lo haiga si me los mata.

«Y me mató un novillo.

»Esto pasó hace treinta y cinco años, por marzo, porque ya en abril andaba yo en el monte, corriendo del exhorto. No me valieron ni las diez vacas que le di al juez, ni el embargo de mi casa para pagarle la salida de la cárcel. Todavía después se pagaron con lo que quedaba nomás por no perseguirme, aunque de todos modos me perseguían. Por eso me vine a vivir junto con mi hijo a este otro terrenito que yo tenía y que se nombra Palo de Venado. Y mi hijo creció y se casó con la nuera Ignacia y tuvo ya ocho hijos. Así que la cosa ya va para viejo, y según eso debería estar olvidado. Pero, según eso, no lo está.

»Yo entonces calculé que con unos cien pesos quedaba arreglado todo. El difunto don Lupe era solo, solamente con su mujer y los dos muchachitos todavía de a gatas. Y la viuda pronto murió también dizque de pena. Y a los muchachitos se los llevaron lejos, donde unos parientes. Así, que, por parte de ellos, no había que tener miedo.

»Pero los demás se atuvieron a que yo andaba exhortado y enjuiciado para asustarme y seguir robándome. Cada que llegaba alguien al pueblo me avisaban:

»—Por ahí andan unos fuereños, Juvencio.

»Y yo echaba pal monte, entreverándome entre los madroños y pasándome los días comiendo sólo verdolagas. A veces tenía que salir a la medianoche, como si me fueran correteando los perros. Eso duró toda la vida. No fue un año ni dos. Fue toda la vida.»

Y ahora habían ido por él, cuando no esperaba ya a nadie, confiado en el olvido en que lo tenía la gente; creyendo que al menos sus últimos días los pasaría tranquilo. «Al menos esto —pensó— conseguiré con estar viejo. Me dejarán en paz.»

Se había dado a esta esperanza por entero. Por eso era que le costaba trabajo imaginar morir así, de repente, a estas alturas de su vida, después de tanto pelear para librarse de la muerte; de haberse pasado su mejor tiempo tirando de un lado para otro arrastrado por los sobresaltos y cuando su cuerpo había acabado por ser un puro pellejo correoso curtido por los malos días en que tuvo que andar escondiéndose de todos.

Por si acaso, ¿no había dejado hasta que se le fuera su mujer? Aquel día en que amaneció con la nueva de que su mujer se le había ido, ni siquiera le pasó por la cabeza la intención de salir a buscarla. Dejó que se fuera sin indagar para nada ni con quién ni para dónde, con tal de no bajar al pueblo. Dejó que se fuera como se le había ido todo lo demás, sin meter las manos. Ya lo único que le quedaba para cuidar era la vida, y ésta la conservaría a como diera lugar. No podía dejar que lo mataran. No podía. Mucho menos ahora.

Pero para eso lo habían traído de allá, de Palo de Venado. No necesitaron amarrarlo para que los siguiera. Él anduvo solo, únicamente maniatado por el miedo. Ellos se dieron cuenta de que no podía correr con aquel cuerpo viejo, con aquellas piernas flacas como sicuas secas, acalambradas por el miedo de morir. Porque a eso iba. A morir. Se lo dijeron.

Desde entonces lo supo. Comenzó a sentir esa comezón en el estómago, que le llegaba de pronto siempre que veía de cerca la muerte y que le sacaba el ansia por los ojos, y que le hinchaba la boca con aquellos buches de agua agria que tenía que tragarse sin querer. Y esa cosa que le hacía los pies pesados mientras su cabeza se le ablandaba y el corazón le pegaba con todas sus fuerzas en las costillas. No, no podía acostumbrarse a la idea de que lo mataran.

Tenía que haber alguna esperanza. En algún lugar podría aún quedar alguna esperanza. Tal vez ellos se hubieran equivocado. Quizá buscaban a otro Juvencio Nava y no al Juvencio Nava que era él.

Caminó entre aquellos hombres en silencio, con los

brazos caídos. La madrugada era oscura, sin estrellas. El viento soplaba despacio, se llevaba la tierra seca y traía más, llena de ese olor como de orines que tiene el polvo de los caminos.

Sus ojos, que se habían apeñuscado con los años, venían viendo la tierra, aquí, debajo de sus pies, a pesar de la oscuridad. Allí en la tierra estaba toda su vida. Sesenta años de vivir sobre de ella, de encerrarla entre sus manos, de haberla probado como se prueba el sabor de la carne.

Se vino largo rato desmenuzándola con los ojos, saboreando cada pedazo como si fuera el último, sabiendo casi que sería el último.

Luego, como queriendo decir algo, miraba a los hombres que iban junto a él. Iba a decirles que lo soltaran, que lo dejaran que se fuera: «Yo no le he hecho daño a nadie, muchachos», iba a decirles, pero se quedaba callado. «Más adelantito se lo diré», pensaba.

Y sólo los veía. Podía hasta imaginar que eran sus amigos; pero no quería hacerlo. No lo eran. No sabía quiénes eran. Los veía a su lado ladeándose y agachándose de vez en cuando para ver por dónde seguía el camino.

Los había visto por primera vez al pardear de la tarde, en esa hora desteñida en que todo parece chamuscado. Habían atravesado los surcos pisando la milpa tierna. Y él había bajado a eso: a decirles que allí estaba comenzando a crecer la milpa. Pero ellos no se detuvieron.

Los había visto con tiempo. Siempre tuvo la suerte de ver con tiempo todo. Pudo haberse escondido, caminar unas cuantas horas por el cerro mientras ellos se iban y después volver a bajar. Al fin y al cabo la milpa no se lograría de ningún modo. Ya era tiempo de que hubieran venido las aguas y las aguas no aparecían y la milpa comenzaba a marchitarse. No tardaría en estar seca del todo.

Así que ni valía la pena de haber bajado; haberse metido entre aquellos hombres como en un agujero, para ya no volver a salir.

Y ahora seguía junto a ellos, aguantándose las ganas de decirles que lo soltaran. No les veía la cara; sólo veía los bultos que se repegaban o se separaban de él. De manera que cuando se puso a hablar, no supo si lo habían oído. Dijo:

—Yo nunca le he hecho daño a nadie —eso dijo. Pero nada cambió. Ninguno de los bultos pareció darse cuenta. Las caras no se volvieron a verlo. Siguieron igual, como si hubieran venido dormidos.

Entonces pensó que no tenía nada más que decir, que tendría que buscar la esperanza en algún otro lado. Dejó caer otra vez los brazos y entró en las primeras casas del pueblo en medio de aquellos cuatro hombres oscurecidos por el color negro de la noche.

—Mi coronel, aquí está el hombre.

Se habían detenido delante del boquete de la puerta. Él, con el sombrero en la mano, por respeto, esperando ver salir a alguien. Pero sólo salió la voz:

—¿Cuál hombre? —preguntaron.

—El de Palo de Venado, mi coronel. El que usted nos mandó a traer.

—Pregúntale que si ha vivido alguna vez en Alima —volvió a decir la voz de allá adentro.

—¡Ey, tú! ¿Que si has habitado en Alima? —repitió la pregunta el sargento que estaba frente a él.

—Sí. Dile al coronel que de allá mismo soy. Y que allí he vivido hasta hace poco.

—Pregúntale que si conoció a Guadalupe Terreros.

—Que dizque si conociste a Guadalupe Terreros.

—¿A don Lupe? Sí. Dile que sí lo conocí. Ya murió.

Entonces la voz de allá adentro cambió de tono:

—Ya sé que murió —dijo. Y siguió hablando como si platicara con alguien allá, al otro lado de la pared de carrizos:

—Guadalupe Terreros era mi padre. Cuando crecí y lo busqué me dijeron que estaba muerto. Es algo difícil crecer sabiendo que la cosa de donde podemos agarrarnos para enraizar está muerta. Con nosotros, eso pasó.

»Luego supe que lo habían matado a machetazos, clavándole después una pica de buey en el estómago. Me contaron que duró más de dos días perdido y que, cuando lo encontraron, tirado en un arroyo, todavía estaba agonizando y pidiendo el encargo de que le cuidaran a su familia.

»Esto, con el tiempo, parece olvidarse. Uno trata de olvidarlo. Lo que no se olvida es llegar a saber que el que hizo aquello está aún vivo, alimentando su alma podrida con la ilusión de la vida eterna. No podría perdonar a ése, aunque no lo conozco; pero el hecho de que se haya puesto en el lugar donde yo sé que está, me da ánimos para acabar con él. No puedo perdonarle que siga viviendo. No debía haber nacido nunca.»

Desde acá, desde afuera, se oyó bien claro cuanto dijo. Después ordenó:

—¡Llévenselo y amárrenlo un rato, para que padezca, y luego fusílenlo!

—¡Mírame, coronel! —pidió él—. Ya no valgo nada. No tardaré en morirme solito, derrengado de viejo. ¡No me mates...!

—¡Llévenselo! —volvió a decir la voz de adentro.

—... Ya he pagado, coronel. He pagado muchas veces. Todo me lo quitaron. Me castigaron de muchos modos. Me he pasado cosa de cuarenta años escondido como un apestado, siempre con el pálpito de que en cualquier rato me matarían. No merezco morir así, coronel. Déjame que, al menos, el Señor me perdone. ¡No me mates! ¡Diles que no me maten!

Estaba allí, como si lo hubieran golpeado, sacudiendo su sombrero contra la tierra. Gritando.

En seguida la voz de allá adentro dijo:

—Amárrenlo y denle algo de beber hasta que se emborrache para que no le duelan los tiros.

Ahora, por fin, se había apaciguado. Estaba allí arrinconado al pie del horcón. Había venido su hijo Justino y su hijo Justino se había ido y había vuelto y ahora otra vez venía.

Lo echó encima del burro. Lo apretaló bien apretado al aparejo para que no se fuese a caer por el camino. Le metió su cabeza dentro de un costal para que no diera mala impresión. Y luego le hizo pelos al burro y se fueron, arrebiatados, de prisa, para llegar a Palo de Venado todavía con tiempo para arreglar el velorio del difunto.

—Tu nuera y los nietos te extrañarán —iba diciéndole—. Te mirarán a la cara y creerán que no eres tú. Se les afigurará que te ha comido el coyote, cuando te vean con esa cara tan llena de boquetes por tanto tiro de gracia como te dieron.

Luvina

—De los cerros altos del sur, el de Luvina es el más alto y el más pedregoso. Está plagado de esa piedra gris con la que hacen la cal, pero en Luvina no hacen cal con ella ni le sacan ningún provecho. Allí la llaman piedra cruda, y la loma que sube hacia Luvina la nombran cuesta de la Piedra Cruda. El aire y el sol se han encargado de desmenuzarla, de modo que la tierra de por allí es blanca y brillante como si estuviera rociada siempre por el rocío del amanecer; aunque esto es un puro decir, porque en Luvina los días son tan fríos como las noches y el rocío se cuaja en el cielo antes que llegue a caer sobre la tierra.

»... Y la tierra es empinada. Se desgaja por todos lados en barrancas hondas, de un fondo que se pierde de tan lejano. Dicen los de Luvina que de aquellas barrancas suben los sueños; pero yo lo único que vi subir fue el viento, en tremolina, como si allá abajo lo tuvieran encañonado en tubos de carrizo. Un viento que no deja crecer ni a las dulcamaras: esas plantitas tristes que apenas si pueden vivir un poco untadas a la tierra, agarradas con todas sus manos al despeñadero de los montes. Sólo a veces, allí donde hay un poco de sombra, escondido entre

40

las piedras, florece el chicalote con sus amapolas blancas. Pero el chicalote pronto se marchita. Entonces uno lo oye rasguñando el aire con sus ramas espinosas, haciendo un ruido como el de un cuchillo sobre una piedra de afilar.

»Ya mirará usted ese viento que sopla sobre Luvina. Es pardo. Dicen que porque arrastra arena de volcán; pero lo cierto es que es un aire negro. Ya lo verá usted. Se planta en Luvina prendiéndose de las cosas como si las mordiera. Y sobran días en que se lleva el techo de las casas como si se llevara un sombrero de petate, dejando los paredones lisos, descobijados. Luego rasca como si tuviera uñas: uno lo oye a mañana y tarde, hora tras hora, sin descanso, raspando las paredes, arrancando tecatas de tierra, escarbando con su pala picuda por debajo de las puertas, hasta sentirlo bullir dentro de uno como si se pusiera a remover los goznes de nuestros mismos huesos. Ya lo verá usted.»

El hombre aquel que hablaba se quedó callado un rato, mirando hacia afuera.

Hasta ellos llegaban el sonido del río pasando sus crecidas aguas por las ramas de los camichines; el rumor del aire moviendo suavemente las hojas de los almendros, y los gritos de los niños jugando en el pequeño espacio iluminado por la luz que salía de la tienda.

Los comejenes entraban y rebotaban contra la lámpara de petróleo, cayendo al suelo con las alas chamuscadas.

Y afuera seguía avanzando la noche.

—¡Oye, Camilo, mándanos otras dos cervezas más! —volvió a decir el hombre. Después añadió:

—Otra cosa, señor. Nunca verá usted un cielo azul en Luvina. Allí todo el horizonte está desteñido; nublado siempre por una mancha caliginosa que no se borra nunca. Todo el lomerío pelón, sin un árbol, sin una cosa verde para descansar los ojos; todo envuelto en el calín ceniciento. Usted verá eso: aquellos cerros apagados como si estuvieran muertos y a Luvina en el más alto, coronándolo con su blanco caserío como si fuera una corona de muerto...

Los gritos de los niños se acercaron hasta meterse dentro de la tienda. Eso hizo que el hombre se levantara, fuera hacia la puerta y les dijera: «¡Váyanse más lejos! ¡Ni interrumpan! Sigan jugando, pero sin armar alboroto.»

—Pues sí, como le estaba diciendo. Allá llueve poco. A mediados de año llegan unas cuantas tormentas que azotan la tierra y la desgarran, dejando nada más el pedregal flotando encima del tepetate. Es bueno ver entonces cómo se arrastran las nubes, cómo andan de un cerro a otro dando tumbos como si fueran vejigas infladas; rebotando y pegando de truenos igual que si se quebraran en el filo de las barrancas. Pero después de diez o doce días se van y no regresan sino al año siguiente, y a veces se da el caso de que no regresen en varios años.

»...Sí, llueve poco. Tan poco o casi nada, tanto que la tierra, además de estar reseca y achicada como cuero viejo, se ha llenado de rajaduras y de esa cosa que allí llaman "pasojos de agua", que no son sino terrenos endurecidos como piedras filosas, que se clavan en los pies de uno al caminar, como si allí hasta a la tierra le hubieran crecido espinas. Como si así fuera.»

Bebió la cerveza hasta dejar sólo burbujas de espuma en la botella y siguió diciendo:

—Por cualquier lado que se le mire, Luvina es un lugar muy triste. Usted que va para allá se dará cuenta. Yo diría que es el lugar donde anida la tristeza. Donde no se conoce la sonrisa, como si a toda la gente le hubieran entablado la cara. Y usted, si quiere puede ver esa tristeza a la hora que quiera. El aire que allí sopla la revuelve, pero no se la lleva nunca. Está allí como si allí hubiera nacido. Y hasta se puede probar y sentir, porque está siempre encima de uno, apretada contra de uno, y porque es oprimente como una gran cataplasma sobre la viva carne del corazón.

»...Dicen los de allí que cuando llena la luna, ven de bulto la figura del viento recorriendo las calles de Luvina, llevando a rastras una cobija negra; pero yo siempre lo que llegué a ver, cuando había luna en Luvina, fue la imagen del desconsuelo... siempre.

»...Pero tómese su cerveza. Veo que no le ha dado ni siquiera una probadita. Tómesela. O tal vez no le guste así tibia como está. Y es que aquí no hay de otra. Yo sé que así sabe mal; que agarra un sabor como a meados de burro. Aquí uno se acostumbra. A fe que allá ni siquiera esto se consigue. Cuando vaya a Luvina la extrañará. Allí no podrá probar sino un mezcal que ellos hacen con una yerba llamada hojasé, y que a los primeros tragos estará usted dando de volteretas como si lo chacamotearan. Mejor tómese su cerveza. Yo sé lo que le digo.»

Allá afuera seguía oyéndose el batallar del río. El rumor del aire. Los niños jugando. Parecía ser aún temprano, en la noche.

El hombre se había ido a asomar una vez más a la puerta y había vuelto.

Ahora venía diciendo:

—Resulta fácil ver las cosas desde aquí, meramente traídas por el recuerdo, donde no tienen parecido ninguno. Pero a mí no me cuesta ningún trabajo seguir hablándole de lo que sé, tratándose de Luvina. Allá viví.

Allá dejé la vida... Fui a ese lugar con mis ilusiones cabales y volví viejo y acabado. Y ahora usted va para allá... Está bien. Me parece recordar el principio. Me pongo en su lugar y pienso... Mire usted, cuando yo llegué por primera vez a Luvina... ¿Pero me permite antes que me tome su cerveza? Veo que usted no le hace caso. Y a mí me sirve de mucho. Me alivia. Siento como si me enjuagaran la cabeza con aceite alcanforado... Bueno, le contaba que cuando llegué por primera vez a Luvina, el arriero que nos llevó no quiso dejar ni siquiera que descansaran las bestias. En cuanto nos puso en el suelo, se dio media vuelta:

»—Yo me vuelvo —nos dijo.

»—Espera, ¿no vas a dejar sestear tus animales? Están muy aporreados.

»—Aquí se fregarían más —nos dijo—. Mejor me vuelvo.

»Y se fue, dejándose caer por la cuesta de la Piedra Cruda, espoleando sus caballos como si se alejara de algún lugar endemoniado.

»Nosotros, mi mujer y mis tres hijos, nos quedamos allí, parados en mitad de la plaza, con todos nuestros ajuares en los brazos. En medio de aquel lugar donde sólo se oía el viento...

»Una plaza sola, sin una sola yerba para detener el aire. Allí nos quedamos.

»Entonces yo le pregunté a mi mujer:

»—¿En qué país estamos, Agripina?

»Y ella se alzó de hombros.

»—Bueno, si no te importa, ve a buscar dónde comer y dónde pasar la noche. Aquí te aguardamos —le dije.

»Ella agarró al más pequeño de sus hijos y se fue. Pero no regresó.

»Al atardecer, cuando el sol alumbraba sólo las puntas de los cerros, fuimos a buscarla. Anduvimos por los callejones de Luvina, hasta que la encontramos metida en la iglesia: sentada mero en medio de aquella iglesia solitaria, con el niño dormido entre sus piernas.

»—¿Qué haces aquí, Agripina?

»—Entré a rezar —nos dijo.

»—¿Para qué? —le pregunté yo.

»Y ella se alzó de hombros.

»Allí no había a quién rezarle. Era un jacalón vacío, sin puertas, nada más con unos socavones abiertos y un techo resquebrajado por donde se colaba el aire como por un cedazo.

»—¿Dónde está la fonda?

»—No hay ninguna fonda.

»—¿Y el mesón?

»—No hay ningún mesón.

»—¿Viste a alguien? ¿Vive alguien aquí? —le pregunté.

»—Sí, allí enfrente... Unas mujeres... Las sigo viendo. Mira, allí tras las rendijas de esa puerta veo brillar los ojos que nos miran... Han estado asomándose para acá... Míralas. Veo las bolas brillantes de sus ojos... Pero no tienen qué darnos de comer. Me dijeron sin sacar la cabeza que en este pueblo no había de comer... Entonces entré aquí a rezar, a pedirle a Dios por nosotros.

»—¿Por qué no regresaste allí? Te estuvimos esperando.

»—Entré aquí a rezar. No he terminado todavía.

»—¿Qué país es éste, Agripina?

»Y ella volvió a alzarse de hombros.

»Aquella noche nos acomodamos para dormir en un rincón de la iglesia, detrás del altar desmantelado. Hasta allí llegaba el viento, aunque un poco menos fuerte. Lo estuvimos oyendo pasar por encima de nosotros, con sus largos aullidos; lo estuvimos oyendo entrar y salir por los huecos socavones de las puertas; golpeando con sus manos de aire las cruces del viacrucis: unas cruces grandes y duras hechas con palo de mezquite que colgaban de las paredes a todo lo largo de la iglesia, amarradas con alambres que rechinaban a cada sacudida del viento como si fuera un rechinar de dientes.

»Los niños lloraban porque no los dejaba dormir el miedo. Y mi mujer, tratando de retenerlos a todos entre sus brazos. Abrazando su manojo de hijos. Y yo allí, sin saber qué hacer.

»Poco antes del amanecer se calmó el viento. Después regresó. Pero hubo un momento en esa madrugada en que todo se quedó tranquilo, como si el cielo se hubiera juntado con la tierra, aplastando los ruidos con su peso... Se oía la respiración de los niños ya descansada. Oía el resuello de mi mujer ahí a mi lado:

»—¿Qué es? —me dijo.

»—¿Qué es qué? —le pregunté.

»—Eso, el ruido ese.

»—Es el silencio. Duérmete. Descansa, aunque sea un poquito, que ya va a amanecer.

»Pero al rato oí yo también. Era como un aletear de murciélagos en la oscuridad, muy cerca de nosotros. De murciélagos de grandes alas que rozaban el suelo. Me levanté y se oyó el aletear más fuerte, como si la parvada de murciélagos se hubiera espantado y volara hacia los agujeros de las puertas. Entonces caminé de puntitas hacia allá, sintiendo delante de mí aquel murmullo sordo. Me detuve en la puerta y las vi. Vi a todas las mujeres de Luvina con su cántaro al hombro, con el rebozo colgado de su cabeza y sus figuras negras sobre el negro fondo de la noche.

»—¿Qué quieren? —les pregunté—. ¿Qué buscan a estas horas?

»Una de ellas respondió:

»—Vamos por agua.

»Las vi paradas frente a mí, mirándome. Luego, como si fueran sombras, echaron a caminar calle abajo con sus negros cántaros.

»No, no se me olvidará jamás esa primera noche que pasé en Luvina.

»...¿No cree usted que esto se merece otro trago? Aunque sea nomás para que se me quite el mal sabor del recuerdo.»

—Me parece que usted me preguntó cuántos años estuve en Luvina, ¿verdad...? La verdad es que no lo sé. Perdí la noción del tiempo desde que las fiebres me lo enrevesaron; pero debió haber sido una eternidad... Y es que allá el tiempo es muy largo. Nadie lleva la cuenta de las horas ni a nadie le preocupa cómo van amontonándose los años. Los días comienzan y se acaban. Luego viene la noche. Solamente el día y la noche hasta el día de la muerte, que para ellos es una esperanz~

»Usted ha de pensar que le estoy dando ~eltas a una misma idea. Y así es, sí señor... Estar sentado en el umbral de la puerta, mirando la salida y la puesta del sol, subiendo y bajando la cabeza, hasta que acaban aflojándose los resortes y entonces todo se queda quieto, sin tiempo, como si se viviera siempre en la eternidad. Esto hacen allí los viejos.

»Porque en Luvina sólo viven los puros viejos y los

que todavía no han nacido, como quien dice... Y mujeres sin fuerzas, casi trabadas de tan flacas. Los niños que han nacido allí se han ido... Apenas les clarea el alba y ya son hombres. Como quien dice, pegan el brinco del pecho de la madre al azadón y desaparecen de Luvina. Así es allí la cosa.

»Sólo quedan los puros viejos y las mujeres solas, o con un marido que anda donde sólo Dios sabe dónde... Vienen de vez en cuando como las tormentas de que le hablaba; se oye un murmullo en todo el pueblo cuando regresan y uno como gruñido cuando se van... Dejan el costal del bastimento para los viejos y plantan otro hijo en el vientre de sus mujeres, y ya nadie vuelve a saber de ellos sino al año siguiente, y a veces nunca... Es la costumbre. Allí le dicen la ley, pero es lo mismo. Los hijos se pasan la vida trabajando para los padres como ellos trabajaron para los suyos y como quién sabe cuántos atrás de ellos cumplieron con su ley...

»Mientras tanto, los viejos aguardan por ellos y por el día de la muerte, sentados en sus puertas, con los brazos caídos, movidos sólo por esa gracia que es la gratitud del hijo... Solos, en aquella soledad de Luvina.

»Un día traté de convencerlos de que se fueran a otro lugar, donde la tierra fuera buena. "¡Vámonos de aquí! —les dije—. No faltará modo de acomodarnos en alguna parte. El gobierno nos ayudará."

»Ellos me oyeron, sin parpadear, mirándome desde el fondo de sus ojos, de los que sólo se asomaba una lucecita allá muy adentro.

»—¿Dices que el gobierno nos ayudará, profesor? ¿Tú no conoces al gobierno?

»Les dije que sí.

»—También nosotros lo conocemos. Da esa casualidad. De lo que no sabemos nada es de la madre del gobierno.

»Yo les dije que era la Patria. Ellos movieron la cabeza diciendo que no. Y se rieron. Fue la única vez que he visto reír a la gente de Luvina. Pelaron sus dientes molenques y me dijeron que no, que el gobierno no tenía madre.

»Y tienen razón, ¿sabe usted? El señor ése sólo se acuerda de ellos cuando alguno de sus muchachos ha hecho alguna fechoría acá abajo. Entonces manda por él hasta Luvina y se lo matan. De ahí en más no saben si existe.

»—Tú nos quieres decir que dejemos Luvina porque, según tú, ya estuvo bueno de aguantar hambres sin necesidad —me dijeron—. Pero si nosotros nos vamos, ¿quién se llevará a nuestros muertos? Ellos viven aquí y no podemos dejarlos solos.

»Y allá siguen. Usted los verá ahora que vaya. Mascando bagazos de mezquite seco y tragándose su propia saliva para engañar el hambre. Los mirará pasar como sombras, repegados al muro de las casas, casi arrastrados por el viento.

»—¿No oyen ese viento? —les acabé por decir—. Él acabará con ustedes.

»—Dura lo que debe de durar. Es el mandato de Dios —me contestaron—. Malo cuando deja de hacer aire. Cuando eso sucede, el sol se arrima mucho a Luvina y nos chupa la sangre y la poca agua que tenemos en el pellejo. El aire hace que el sol se esté arriba. Así es mejor.

»Ya no les volví a decir nada. Me salí de Luvina y no he vuelto ni pienso regresar.

»...Pero mire las maromas que da el mundo. Usted va

para allá ahora, dentro de pocas horas. Tal vez ya se cumplieron quince años que me dijeron a mí lo mismo: "Usted va a ir a San Juan Luvina." En esa época tenía yo mis fuerzas. Estaba cargado de ideas... Usted sabe que a todos nosotros nos infunden ideas. Y uno va con esa plasta encima para plasmarla en todas partes. Pero en Luvina no cuajó eso. Hice el experimento y se deshizo...

»San Juan Luvina. Me sonaba a nombre de cielo aquel nombre. Pero aquello es el purgatorio. Un lugar moribundo donde se han muerto hasta los perros y ya no hay ni quien le ladre al silencio; pues en cuanto uno se acostumbra al vendaval que allí sopla, no se oye sino el silencio que hay en todas las soledades. Y eso acaba con uno. Míreme a mí. Conmigo acabó. Usted que va para allá comprenderá pronto lo que le digo...

»¿Qué opina usted si le pedimos a este señor que nos matice unos mezcalitos? Con la cerveza se levanta uno a cada rato y eso interrumpe mucho la plática. ¡Oye, Camilo, mándanos ahora unos mezcales!

»Pues sí, como le estaba yo diciendo...»

Pero no dijo nada. Se quedó mirando un punto fijo sobre la mesa donde los comejenes ya sin sus alas rondaban como gusanitos desnudos.

Afuera seguía oyéndose cómo avanzaba la noche. El chapoteo del río contra los troncos de los camichines. El griterío ya muy lejano de los niños. Por el pequeño cielo de la puerta se asomaban las estrellas.

El hombre que miraba a los comejenes se recostó sobre la mesa y se quedó dormido.

No oyes ladrar los perros

—Tú que vas allá arriba, Ignacio, dime si no oyes alguna señal de algo o si ves alguna luz en alguna parte.
—No se ve nada.
—Ya debemos estar cerca.
—Sí, pero no se oye nada.
—Mira bien.
—No se ve nada.
—Pobre de ti, Ignacio.

La sombra larga y negra de los hombres siguió moviéndose de arriba abajo, trepándose a las priedras, disminuyendo y creciendo según avanzaba por la orilla del arroyo. Era una sola sombra, tambaleante.

La luna venía saliendo de la tierra, como una llamarada redonda.

—Ya debemos estar llegando a ese pueblo, Ignacio. Tú que llevas las orejas de fuera, fíjate a ver si no oyes ladrar los perros. Acuérdate que nos dijeron que Tonaya estaba detrasito del monte. Y desde qué horas que hemos dejado el monte. Acuérdate, Ignacio.
—Sí, pero no veo rastro de nada.
—Me estoy cansando.

—Bájame.

El viejo se fue reculando hasta encontrarse con el paredón y se recargó allí, sin soltar la carga de sus hombros. Aunque se le doblaban las piernas, no quería sentarse, porque después no hubiera podido levantar el cuerpo de su hijo, al que allá atrás, horas antes, le habían ayudado a echárselo a la espalda. Y así lo había traído desde entonces.

—¿Cómo te sientes?

—Mal.

Hablaba poco. Cada vez menos. En ratos parecía dormir. En ratos parecía tener frío. Temblaba. Sabía cuándo le agarraba a su hijo el temblor por las sacudidas que le daba, y porque los pies se le encajaban en los ijares como espuelas. Luego las manos del hijo, que traía trabadas en su pescuezo, le zarandeaban la cabeza como si fuera una sonaja.

Él apretaba los dientes para no morderse la lengua y cuando acababa aquello le preguntaba:

—¿Te duele mucho?

—Algo —contestaba él.

Primero le había dicho: «Apéame aquí... Déjame aquí... Vete tú solo. Yo te alcanzaré mañana o en cuanto me reponga un poco.» Se lo había dicho como cincuenta veces. Ahora ni siquiera eso decía.

Allí estaba la luna. Enfrente de ellos. Una luna grande y colorada que les llenaba de luz los ojos y que estiraba y oscurecía más su sombra sobre la tierra.

—No veo ya por dónde voy —decía él.

Pero nadie le contestaba.

El otro iba allá arriba, todo iluminado por la luna, con su cara descolorida, sin sangre, reflejando una luz opaca. Y él acá abajo.

—¿Me oíste, Ignacio? Te digo que no veo bien.

Y el otro se quedaba callado.

Siguió caminando, a tropezones. Encogía el cuerpo y luego se enderezaba para volver a tropezar de nuevo.

—Éste no es ningún camino. Nos dijeron que detrás del cerro estaba Tonaya. Ya hemos pasado el cerro. Y Tonaya no se ve, ni se oye ningún ruido que nos diga que está cerca. ¿Por qué no quieres decirme qué ves, tú que vas allá arriba, Ignacio?

—Bájame, padre.

—¿Te sientes mal?

—Sí.

—Te llevaré a Tonaya a como dé lugar. Allí encontraré quién te cuide. Dicen que allí hay un doctor. Yo te llevaré con él. Te he traído cargando desde hace horas y no te dejaré tirado aquí para que acaben contigo quienes sean.

Se tambaleó un poco. Dio dos o tres pasos de lado y volvió a enderezarse.

—Te llevaré a Tonaya.

—Bájame.

Su voz se hizo quedita, apenas murmurada:

—Quiero acostarme un rato.

—Duérmete allí arriba. Al cabo te llevo bien agarrado.

La luna iba subiendo, casi azul, sobre un cielo claro. La cara del viejo, mojada en sudor, se llenó de luz. Escondió los ojos para no mirar de frente, ya que no podía agachar la cabeza agarrotada entre las manos de su hijo.

—Todo esto que hago, no lo hago por usted. Lo hago por su difunta madre. Porque usted fue su hijo. Por eso lo hago. Ella me reconvendría si yo lo hubiera dejado tirado allí, donde lo encontré, y no lo hubiera recogido para llevarlo a que lo curen, como estoy haciéndolo. Es ella la que me da ánimos, no usted. Comenzando porque a usted no le debo más que puras dificultades, puras mortificaciones, puras vergüenzas.

Sudaba al hablar. Pero el viento de la noche le secaba el sudor. Y sobre el sudor seco, volvía a sudar.

—Me derrengaré, pero llegaré con usted a Tonaya, para que le alivien esas heridas que le han hecho. Y estoy seguro de que, en cuanto se sienta usted bien, volverá a sus malos pasos. Eso ya no me importa. Con tal que se vaya lejos, donde yo no vuelva a saber de usted. Con tal de eso... Porque para mí usted ya no es mi hijo. He maldecido la sangre que usted tiene de mí. La parte que a mí me tocaba la he maldecido. He dicho: «¡Que se le pudra en los riñones la sangre que yo le di!» Lo dije desde que supe que usted andaba trajinando por los caminos, viviendo del robo y matando gente... Y gente buena. Y si no, allí está mi compadre Tranquilino. El que lo bautizó a usted. El que le dio su nombre. A él también le tocó la mala suerte de encontrarse con usted. Desde entonces dije: «Ése no puede ser mi hijo.»

—Mira a ver si ya ves algo. O si oyes algo. Tú que puedes hacerlo desde allá arriba, porque yo me siento sordo.

—No veo nada.

—Peor para ti, Ignacio.

—Tengo sed.

—¡Aguántate! Ya debemos estar cerca. Lo que pasa es que ya es muy noche y han de haber apagado la luz en el pueblo. Pero al menos debías de oír si ladran los perros. Haz por oír.

—Dame agua.

—Aquí no hay agua. No hay más que piedras. Aguántate. Y aunque la hubiera, no te bajaría a tomar agua. Nadie me ayudaría a subirte otra vez y yo solo no puedo.

—Tengo mucha sed y mucho sueño.

—Me acuerdo cuando naciste. Así eras entonces. Despertabas con hambre y comías para volver a dormirte. Y tu madre te daba agua, porque ya te habías acabado la leche de ella. No tenías llenadero. Y eras muy rabioso. Nunca pensé que con el tiempo se te fuera a subir aquella rabia a la cabeza... Pero así fue. Tu madre, que descanse en paz, quería que te criaras fuerte. Creía que cuando tú crecieras irías a ser su sostén. No te tuvo más que a ti. El otro hijo que iba a tener la mató. Y tú la hubieras matado otra vez si ella estuviera viva a estas alturas.

Sintió que el hombre aquel que llevaba sobre sus hombros dejó de apretar las rodillas y comenzó a soltar los pies, balanceándose de un lado para otro. Y le pareció que la cabeza, allá arriba, se sacudía como si sollozara.

Sobre su cabello sintió que caían gruesas gotas, como de lágrimas.

—¿Lloras, Ignacio? Lo hace llorar a usted el recuerdo de su madre, ¿verdad? Pero nunca hizo usted nada por ella. Nos pagó siempre mal. Parece que, en lugar de cariño, le hubiéramos retacado el cuerpo de maldad. ¿Y ya ve? Ahora lo han herido. ¿Qué pasó con sus amigos? Los mataron a todos. Pero ellos no tenían a nadie. Ellos bien hubieran podido decir: «No tenemos a quién darle nuestra lástima.» ¿Pero usted, Ignacio?

Allí estaba ya el pueblo. Vio brillar los tejados bajo la

luz de la luna. Tuvo la impresión de que lo aplastaba el peso de su hijo al sentir que las corvas se le doblaban en el último esfuerzo. Al llegar al primer tejaván, se recostó sobre el pretil de la acera y soltó el cuerpo, flojo, como si lo hubieran descoyuntado.

Destrabó difícilmente los dedos con que su hijo había venido sosteniéndose de su cuello y, al quedar libre, oyó cómo por todas partes ladraban los perros.

—¿Y tú no los oías, Ignacio? —dijo—. No me ayudaste ni siquiera con esta esperanza.

Paso del Norte

—Me voy lejos, padre; por eso vengo a darle el aviso.

—¿Y pa ónde te vas, si se puede saber?

—Me voy pal Norte.

—¿Y allá pos pa qué? ¿No tienes aquí tu negocio? ¿No estás métido en la merca de puercos?

—Estaba. Ora ya no. No deja. La semana pasada no conseguimos pa comer y en la antepasada comimos puros quelites. Hay hambre, padre; usté ni se las huele porque vive bien.

—¿Qué estás ahi diciendo?

—Pos que hay hambre. Usté no lo siente. Usté vende sus cuetes y sus saltapericos y la pólvora y con eso la va pasando. Mientras haiga funciones, le lloverá el dinero; pero uno no, padre. Ya naide cría puercos en este tiempo. Y si los cría pos se los come. Y si los vende, los vende caros. Y no hay dinero para mercarlos, demás de esto. Se acabó el negocio, padre.

—Y ¿qué diablos vas a hacer al Norte?

—Pos a ganar dinero. Ya ve usté, el Carmelo volvió rico, trajo hasta un gramófono y cobra la música a cinco centavos. De a parejo, desde un danzón hasta la Ander-

57

son esa que canta canciones tristes; de a todo, por igual, y gana su buen dinerito y hasta hacen cola pa oír. Así que usté ve; no hay más que ir y volver. Por eso me voy.

—¿Y ónde vas a guardar a tu mujer con los muchachos?

—Pos por eso vengo a darle aviso, pa que usté se encargue de ellos.

—¿Y quién crees que soy yo, tu pilmama? Si te vas, pos ahi que Dios se las ajuarié con ellos. Yo ya no estoy para criar muchachos; con haberte criado a ti y a tu hermana, que en paz descanse, con eso tuve de sobra. De hoy en delante no quiero tener compromisos. Y como dice el dicho: «Si la campana no repica es porque no tiene badajo.»

—No hallo qué decir, padre, hasta lo desconozco. ¿Qué me gané con que usté me criara?, puros trabajos. Nomás me trajo al mundo al averíguatelas como puedas. Ni siquiera me enseñó el oficio de cuetero, como pa que no le fuera a hacer a usté la competencia. Me puso unos calzones y una camisa y me echó a los caminos pa que aprendiera a vivir por mi cuenta y ya casi me echaba de su casa con una mano delante y otra atrás. Miré usté, éste es el resultado: nos estamos muriendo de hambre. La nuera y los nietos y éste su hijo, como quien dice toda su descendencia, estamos ya por parar las patas y caernos bien muertos. Y el coraje que da es que es de hambre. ¿Usté cree que eso es legal y justo?

—Y a mí qué diablos me va o me viene. ¿Pa qué te casaste? Te fuiste de la casa y ni siquiera me pediste el permiso.

—Eso lo hice porque a usté nunca le pareció buena la Tránsito. Me la maloró siempre que se la truje y, recuérdeselo, ni siquiera voltió a verla la primera vez que vino:

«Mire, papá, ésta es la muchachita con la que me voy a coyuntar.» Usté se soltó hablando en verso y que dizque la conocía de íntimo, como si ella fuera una mujer de la calle. Y dijo una bola de cosas que ni yo se las entendí. Por eso ni se la volví a traer. Así que por eso no me debe usté guardar rencor. Ora sólo quiero que me la cuide, porque me voy en serio. Aquí no hay ya ni qué hacer, ni de qué modo buscarle.

—Ésos son rumores. Trabajando se come y comiendo se vive. Apréndete mi sabiduría. Yo estoy viejo y ni me quejo. De muchacho ya ni se diga; tenía hasta pa conseguir mujeres de a rato. El trabajo da pa todo y contimás pa las urgencias del cuerpo. Lo que pasa es que eres tonto. Y no me digas que eso yo te lo enseñé.

—Pero usté me nació. Y usté tenía que haberme encaminado, no nomás soltarme como caballo entre las milpas.

—Ya estabas bien largo cuando te fuiste. ¿O a poco querías que te mantuviera pa siempre? Sólo las lagartijas buscan la misma covacha hasta cuando mueren. Di que te fue bien y que conociste mujer y que tuviste hijos; otros ni siquiera eso han tenido en su vida; han pasado como las aguas de los ríos, sin comerse ni beberse.

—Ni siquiera me enseñó usté a hacer versos, ya que los sabía. Aunque sea con eso hubiera ganado algo divirtiendo a la gente como usté hace. Y el día que se lo pedí me dijo: «Anda a mercar güevos, eso deja más.» Y en un principio me volví güevero y aluego gallinero y después merqué puercos y, hasta eso, no me iba mal, si se puede decir. Pero el dinero se acaba; vienen los hijos y se lo sorben como agua y no queda nada después pal negocio y naide quiere fiar. Ya le digo, la semana pasada comimos quelites, y ésta, pos ni eso. Por eso me voy.

»Y me voy entristecido, padre, aunque usté no lo quiera creer, porque yo quiero a mis muchachos, no como usté que nomás los crió y los corrió.»

—Apréndete esto hijo: en el nidal nuevo, hay que dejar un güevo. Cuando te aletíe la vejez aprenderás a vivir, sabrás que los hijos se te van, que no te agradecen nada; que se comen hasta tu recuerdo.

—Eso es puro verso.

—Lo será, pero es la verdá.

—Yo de usté no me he olvidado, como usté ve.

—Me vienes a buscar en la necesidá. Si estuvieras tranquilo te olvidarías de mí. Desde que tu madre murió me sentí solo; cuando murió tu hermana, más solo; cuando tú te fuiste vi que estaba ya solo pa siempre. Ora vienes y me quieres remover el sentimiento; pero no sabes que es más dificultoso resucitar un muerto que dar la vida de nuevo. Aprende algo. Andar por los caminos enseña mucho. Restriégate con tu propio estropajo, eso es lo que has de hacer.

—¿Entonces no me los cuidará?

—Ahi déjalos, nadie se muere de hambre.

—Dígame si me guarda el encargo, no quiero irme sin estar seguro.

—¿Cuántos son?

—Pos nomás tres niños y dos niñas y la nuera que está rejoven.

—Rejodida, dirás.

—Yo fui su primer marido. Era nueva. Es buena. Quiérala, padre.

—¿Y cuándo volverás?

—Pronto, padre. Nomás arrejunto el dinero y me regreso. Le pagaré al doble lo que usté haga por ellos. Deles de comer, es todo lo que le encomiendo.

De los ranchos bajaba la gente a los pueblos; la gente de los pueblos se iba a las ciudades. En las ciudades la gente se perdía; se disolvía entre la gente. «¿No sabe ónde me darán trabajo?» «Sí, vete a Ciudá Juárez. Yo te paso por doscientos pesos. Busca a fulano de tal y dile que yo te mando. Nomás no se lo digas a nadie.» «Está bien, señor, mañana se los traigo.»

—Señor, aquí le traigo los doscientos pesos.

—Está bien. Te voy a dar un papelito pa nuestro amigo de Ciudá Juárez. No lo pierdas. Él te pasará la frontera y de ventaja llevas hasta la contrata. Aquí va el domicilio y el teléfono pa que lo localices más pronto. No, no vas a ir a Tejas. ¿Has oído hablar de Oregón? Bien, dile a él que quieres ir a Oregón. A cosechar manzanas, eso es, nada de algodonales. Se ve que tú eres un hombre listo. Allá te presentas con Fernández. ¿No lo conoces? Bueno, preguntas por él. Y si no quieres cosechar manzanas te pones a pegar durmientes. Eso deja más y es más durable. Volverás con muchos dólares. No pierdas la tarjeta.

—Padre, nos mataron.

—¿A quiénes?

—A nosotros. Al pasar el río. Nos zumbaron las balas hasta que nos mataron a todos.

—¿En dónde?

—Allá, en el Paso del Norte, mientras nos encandilaban las linternas, cuando íbamos cruzando el río.

—¿Y por qué?

—Pos no lo supe, padre ¿Se acuerda de Estanislado? Él fue el que me encampanó pa irnos pa allá. Me dijo cómo estaba el teje y maneje del asunto y nos fuimos pri-

61

mero a México y de allí al Paso. Y estábamos pasando el
río cuando nos fusilaron con los máuseres. Me devolví
porque él me dijo: «Sácame de aquí, paisano, no me de-
jes.» Y entonces estaba ya panza arriba, con el cuerpo
todo agujerado, sin músculos. Lo arrastré como pude, a
tirones, haciéndome a un lado a las linternas que nos
alumbraban buscándonos. Le dije: «Estás vivo», y él me
contestó: «Sácame de aquí, paisano.» Y luego me dijo:
«Me dieron.» Yo tenía un brazo quebrado por un golpe
de bala y el güeso se había ido de allí de donde se salta el
codo. Por eso lo agarré con la mano buena y le dije:
«Agárrate fuerte de aquí.» Y se me murió en la orilla,
frente a las luces de un lugar que le dicen la Ojinaga, ya
de este lado, entre los tules que siguieron peinando el río
como si nada hubiera pasado.

»Lo subí a la orilla y le hablé: "¿Todavía estás vivo?"
Y él no me respondió. Estuve haciendo la lucha por revivir al Estanislado hasta que amaneció; le di friegas y le
sobé los pulmones pa que resollara, pero ni pío volvió a
decir.

»El de la migración se me arrimó por la tarde.

»—¡Ey, tú!, ¿qué haces aquí?

»—Pos estoy cuidando este muertito.

»—¿Tú lo mataste?

»—No, mi sargento —le dije.

»—Yo no soy ningún sargento. ¿Entonces quién?

»Como lo vi uniformado y con las aguilitas esas, me lo
figuré del ejército, y traía tamaño pistolón que ni lo
dudé.

»Me siguió preguntando: "¿Entonces quién, eh?" Y así
se estuvo dale y dale hasta que me zarandió de los cabellos y yo ni metí las manos, por eso del codo dañado que
ni defenderme pude.

»Le dije: —No me pegue, que estoy manco.

»Y hasta entonces le paró a los golpes.

»—¿Qué pasó?, dime —me dijo.

»—Pos nos clarearon anoche. Íbamos regustosos, chifle y chifle del gusto de que ya íbamos pal otro lado cuando merito en medio del agua se soltó la balacera. Y ni quién se las quitara. Éste y yo fuimos los únicos que logramos salir y a medias, porque mire, él ya hasta aflojó el cuerpo.

»—¿Y quiénes fueron los que los balacearon?

»—Pos ni siquiera los vimos. Sólo nos aluzaron con sus linternas, y pácatelas y pácatelas, oímos los riflonazos, hasta que yo sentí que se me voltiaba el codo y oí a éste que me decía: "Sácame del agua, paisano." Aunque de nada nos hubiera servido haberlos visto.

»—Entonces han de haber sido los apaches.

»—¿Cuáles apaches?

»—Pos unos que así les dicen y que viven del otro lado.

»—¿Pos que no están las Tejas del otro lado?

»—Sí, pero está llena de apaches, como no tienes una idea. Les voy a hablar a Ojinaga para que recojan a tu amigo y tú prevente pa que regreses a tu tierra. ¿De dónde eres? No debías de haber salido de allá. ¿Tienes dinero?

»—Le quité al muerto este tantito. A ver si me ajusta.

»—Tengo ahi una partida pa los repatriados. Te daré lo del pasaje; pero si te vuelvo a devisar por aquí, te dejo a que revientes. No me gusta ver una cara dos veces. ¡Ándale, vete!

»Y yo me vine y aquí estoy, padre, pa contárselo a usté.»

—Eso te ganaste por creído y por tarugo. Y ya verás

cuando te asomes por tu casa; ya verás la ganancia que sacaste con irte.

—¿Pasó algo malo? ¿Se me murió algún chamaco?

—Se te fue la Tránsito con un arriero. Dizque era re-buena, ¿verdá? Tus muchachos están acá atrás dormi-dos. Y tú vete buscando onde pasar la noche, porque tu casa la vendí pa pagarme lo de los gastos. Y todavía me sales debiendo treinta pesos del valor de las escrituras.

—Está bien, padre, no me le voy a poner renegado. Quizá mañana encuentre por aquí algún trabajito pa pa-garle todo lo que le debo. ¿Por qué rumbo dice usté que arrendó el arriero con la Tránsito?

Pos por ahi. No me fijé.

—Entonces orita vengo, voy por ella.

—¿Y por ónde vas?

—Pos por ahi, padre, por onde usté dice que se fue.

Talpa

Natalia se metió entre los brazos de su madre y lloró largamente allí con un llanto quedito. Era un llanto aguantado por muchos días, guardado hasta ahora que regresamos a Zenzontla y vio a su madre y comenzó a sentirse con ganas de consuelo.

Sin embargo, antes, entre los trabajos de tantos días difíciles, cuando tuvimos que enterrar a Tanilo en un pozo de la tierra de Talpa, sin que nadie nos ayudara, cuando ella y yo, los dos solos, juntamos nuestras fuerzas y nos pusimos a escabar la sepultura desenterrando los terrones con nuestras manos —dándonos prisa para esconder pronto a Tanilo dentro del pozo y que no siguiera espantando ya a nadie con el olor de su aire lleno de muerte—, entonces no lloró.

Ni después, al regreso, cuando nos vinimos caminando de noche sin conocer el sosiego, andando a tientas como dormidos y pisando con pasos que parecían golpes sobre la sepultura de Tanilo. En ese entonces, Natalia parecía estar endurecida y traer el corazón apretado para no sentirlo bullir dentro de ella. Pero de sus ojos no salió ninguna lágrima.

Vino a llorar hasta aquí, arrimada a su madre; sólo

para acongojarla y que supiera que sufría, acongojándonos de paso a todos, porque yo también sentí ese llanto de ella dentro de mí como si estuviera exprimiendo el trapo de nuestros pecados.

Porque la cosa es que a Tanilo Santos entre Natalia y yo lo matamos. Lo llevamos a Talpa para que se muriera. Y se murió. Sabíamos que no aguantaría tanto camino; pero, así y todo, lo llevamos empujándolo entre los dos, pensando acabar con él para siempre. Eso hicimos.

La idea de ir a Talpa salió de mi hermano Tanilo. A él se le ocurrió primero que a nadie. Desde hacía años que estaba pidiendo que lo llevaran. Desde hacía años. Desde aquel día en que amaneció con unas ampollas moradas repartidas en los brazos y las piernas. Cuando después las ampollas se le convirtieron en llagas por donde no salía nada de sangre y sí una cosa amarilla como goma de copal que destilaba agua espesa. Desde entonces me acuerdo muy bien que nos dijo cuánto miedo sentía de no tener ya remedio. Para eso quería ir a ver a la Virgen de Talpa; para que Ella con su mirada le curara sus llagas. Aunque sabía que Talpa estaba lejos y que tendríamos que caminar mucho debajo del sol de los días y del frío de las noches de marzo, así y todo quería ir. La Virgencita le daría el remedio para aliviarse de aquellas cosas que nunca se secaban. Ella sabía hacer eso: lavar las cosas, ponerlo todo nuevo de nueva cuenta como un campo recién llovido. Ya allí, frente a Ella, se acabarían sus males; nada le dolería ni le volvería a doler más. Eso pensaba él.

Y de eso nos agarramos Natalia y yo para llevarlo. Yo

tenía que acompañar a Tanilo porque era mi hermano. Natalia tendría que ir también, de todos modos, porque era su mujer. Tenía que ayudarlo llevándolo del brazo, sopesándolo a la ida y tal vez a la vuelta sobre sus hombros, mientras él arrastrara su esperanza.

Yo ya sabía desde antes lo que había dentro de Natalia. Conocía algo de ella. Sabía, por ejemplo, que sus piernas redondas, duras y calientes como piedras al sol del mediodía, estaban solas desde hacía tiempo. Ya conocía yo eso. Habíamos estado juntos muchas veces; pero siempre la sombra de Tanilo nos separaba; sentíamos que sus manos ampolladas se metían entre nosotros y se llevaban a Natalia para que lo siguiera cuidando. Y así sería siempre mientras él estuviera vivo.

Yo sé ahora que Natalia está arrepentida de lo que pasó. Y yo también lo estoy; pero eso no nos salvará del remordimiento ni nos dará ninguna paz ya nunca. No podrá tranquilizarnos saber que Tanilo se hubiera muerto de todos modos porque ya le tocaba, y que de nada había servido ir a Talpa, tan allá, tan lejos; pues casi es seguro de que se hubiera muerto igual allá que aquí, o quizás tantito después aquí que allá, porque todo lo que se mortificó por el camino, y la sangre que perdió de más, y el coraje y todo, todas esas cosas juntas fueron las que lo mataron más pronto. Lo malo está en que Natalia y yo lo llevamos a empujones, cuando él ya no quería seguir, cuando sintió que era inútil seguir y nos pidió que lo regresáramos. A estirones lo levantábamos del suelo para que siguiera caminando, diciéndole que ya no podíamos volver atrás. «Está ya más cerca Talpa que Zenzontla.» Eso le decíamos. Pero entonces Talpa estaba todavía lejos; más allá de muchos días.

Lo que queríamos era que se muriera. No está por demás decir que eso era lo que queríamos desde antes de salir de Zenzontla y en cada una de las noches que pasamos en el camino de Talpa. Es algo que no podemos entender ahora; pero entonces era lo que queríamos. Me acuerdo muy bien.

Me acuerdo muy bien de esas noches. Primero nos alumbrábamos con ocotes. Después dejábamos que la ceniza oscureciera la lumbrada y luego buscábamos Natalia y yo la sombra de algo para escondernos de la luz del cielo. Así nos arrimábamos a la soledad del campo, fuera de los ojos de Tanilo y desaparecidos en la noche. Y la soledad aquella nos empujaba uno al otro. A mí me ponía entre los brazos el cuerpo de Natalia y a ella eso le servía de remedio. Sentía como si descansara; se olvidaba de muchas cosas y luego se quedaba adormecida y con el cuerpo sumido en un gran alivio.

Siempre sucedía que la tierra sobre la que dormíamos estaba caliente. Y la carne de Natalia, la esposa de mi hermano Tanilo, se calentaba en seguida con el calor de la tierra. Luego aquellos dos calores juntos quemaban y lo hacían a uno despertar de su sueño. Entonces mis manos iban detrás de ella; iban y venían por encima de ese como rescoldo que era ella; primero suavemente, pero después la apretaba como si quisieran exprimirle la sangre. Así una y otra vez, noche tras noche, hasta que llegaba la madrugada y el viento frío apagaba la lumbre de nuestros cuerpos. Eso hacíamos Natalia y yo a un lado del camino de Talpa, cuando llevamos a Tanilo para que la Virgen lo aliviara.

Ahora todo ha pasado. Tanilo se alivió hasta de vivir. Ya no podrá decir nada del trabajo tan grande que le costaba vivir, teniendo aquel cuerpo como emponzoñado, lleno por dentro de agua podrida que le salía por cada rajadura de sus piernas o de sus brazos. Unas llagas así de grandes, que se abrían despacio, muy despacito, para luego dejar salir a borbotones un aire como de cosa echada a perder que a todos nos tenía asustados.

Pero ahora que está muerto la cosa se ve de otro modo. Ahora Natalia llora por él, tal vez para que él vea, desde donde está, todo el gran remordimiento que lleva encima de su alma. Ella dice que ha sentido la cara de Tanilo estos últimos días. Era lo único que servía de él para ella; la cara de Tanilo, humedecida siempre por el sudor en que lo dejaba el esfuerzo para aguantar sus dolores. La sintió acercándose hasta su boca, escondiéndose entre sus cabellos, pidiéndole, con una voz apenitas, que lo ayudara. Dice que le dijo que ya se había curado por fin; que ya no le molestaba ningún dolor. «Ya puedo estar contigo, Natalia. Ayúdame a estar contigo», dizque eso le dijo.

Acabábamos de salir de Talpa, de dejarlo allí enterrado bien hondo en aquel como surco profundo que hicimos para sepultarlo.

Y Natalia se olvidó de mí desde entonces. Yo sé cómo le brillaban antes los ojos como si fueran charcos alumbrados por la luna. Pero de pronto se destiñeron, se le borró la mirada como si la hubiera revolcado en la tierra. Y pareció no ver ya nada. Todo lo que existía para ella era el Tanilo de ella, que ella había cuidado mientras estuvo vivo y lo había enterrado cuando tuvo que morirse.

Tardamos veinte días en encontrar el camino real de Talpa. Hasta entonces habíamos venido los tres solos. Desde allí comenzamos a juntarnos con gente que salía de todas partes; que había desembocado como nosotros en aquel camino ancho parecido a la corriente de un río, que nos hacían andar a rastras, empujados por todos lados como si nos llevaran amarrados con hebras de polvo. Porque de la tierra se levantaba, con el bullir de la gente, un polvo blanco como tamo de maíz que subía muy alto y volvía a caer; pero los pies al caminar lo devolvían y lo hacían subir de nuevo; así a todas horas estaba aquel polvo por encima y debajo de nosotros. Y arriba de esta tierra estaba el cielo vacío, sin nubes, sólo el polvo; pero el polvo no da ninguna sombra.

Teníamos que esperar a la noche para descansar del sol y de aquella luz blanca del camino.

Luego los días fueron haciéndose más largos. Habíamos salido de Zenzontla a mediados de febrero, y ahora que comenzaba marzo amanecía muy pronto. Apenas si cerrábamos los ojos al oscurecer, cuando nos volvía a despertar el sol, el mismo sol que parecía acabarse de poner hacía un rato.

Nunca había sentido que fuera más lenta y violenta la vida como caminar entre un amontonadero de gente; igual que si fuéramos un hervidero de gusanos apelotonados bajo el sol, retorciéndonos entre la cerrazón del polvo que nos encerraba a todos en la misma vereda y nos llevaba como acorralados. Los ojos seguían la polvareda; daban en el polvo como si tropezaran contra algo que no se podía traspasar. Y el cielo siempre gris, como una mancha gris y pesada que nos aplastaba a todos desde arriba. Sólo a veces, cuando cruzábamos algún río, el polvo era más alto y más claro. Zambullíamos la cabeza acalenturada y renegrida en el agua verde, y por un momento de todos nosotros salía un humo azul, parecido al vapor que sale de la boca con el frío. Pero poquito después desaparecíamos otra vez entreverados en el polvo, cobijándonos unos a otros del sol, de aquel calor del sol repartido entre todos.

Algún día llegará la noche. En eso pensábamos. Llegará la noche y nos pondremos a descansar. Ahora se trata de cruzar el día, de atravesarlo como sea para correr del calor y del sol. Después nos detendremos. Después. Lo que tenemos que hacer por lo pronto es esfuerzo tras esfuerzo para ir de prisa detrás de tantos como nosotros y delante de otros muchos. De eso se trata. Ya descansaremos bien a bien cuando estemos muertos.

En eso pensábamos Natalia y yo y quizá también Tanilo, cuando íbamos por el camino real de Talpa, entre la procesión; queriendo llegar los primeros hasta la Virgen, antes que se le acabaran los milagros.

Pero Tanilo comenzó a ponerse más malo. Llegó un rato en que ya no quería seguir. La carne de sus pies se había reventado y por la reventazón aquella empezó a salírsele la sangre. Lo cuidamos hasta que se puso bueno. Pero, así y todo, ya no quería seguir:

«Me quedaré aquí sentado un día o dos y luego me volveré a Zenzontla.» Eso nos dijo.

Pero Natalia y yo no quisimos. Había algo dentro de nosotros que no nos dejaba sentir ninguna lástima por ningún Tanilo. Queríamos llegar con él a Talpa, porque a esas alturas, así como estaba, todavía le sobraba vida. Por eso mientras Natalia le enjuagaba los pies con aguardiente para que se le deshincharan, le daba ánimos. Le decía que sólo la Virgen de Talpa lo curaría. Ella era la única que podía hacer que él se aliviara para siempre. Ella nada más. Había otras muchas Vírgenes; pero sólo la de Talpa era la buena. Eso le decía Natalia.

Y entonces Tanilo se ponía a llorar con lágrimas que hacían surco entre el sudor de su cara y después se maldecía por haber sido malo. Natalia le limpiaba los chorretes de lágrimas con su rebozo, y entre ella y yo lo levantábamos del suelo para que caminara otro rato más, antes que llegara la noche.

Así, a tirones, fue como llegamos con él a Talpa.

Ya en los últimos días también nosotros nos sentíamos cansados. Natalia y yo sentíamos que se nos iba doblando el cuerpo entre más y más. Era como si algo nos detuviera y cargara un pesado bulto sobre nosotros. Tanilo se nos caía más seguido y teníamos que levantarlo y a veces llevarlo sobre los hombros. Tal vez de eso estábamos como estábamos: con el cuerpo flojo y lleno de flojera para caminar. Pero la gente que iba allí junto a nosotros nos hacía andar más aprisa.

Por las noches, aquel mundo desbocado se calmaba. Desperdigadas por todas partes brillaban las fogatas y en derredor de la lumbre la gente de la peregrinación rezaba el rosario, con los brazos en cruz, mirando hacia el cielo de Talpa. Y se oía cómo el viento llevaba y traía aquel rumor, revolviéndolo, hasta hacer de él un solo mugido. Poco después todo se quedaba quieto. A eso de la medianoche podía oírse que alguien cantaba muy lejos de nosotros. Luego se cerraban los ojos y se esperaba sin dormir a que amaneciera.

Entramos a Talpa cantando el Alabado.

Habíamos salido a mediados de febrero y llegamos a Talpa en los últimos días de marzo, cuando ya mucha gente venía de regreso. Todo se debió a que Tanilo se puso a hacer penitencia. En cuanto se vio rodeado de hombres que llevaban pencas de nopal colgadas como escapulario, él también pensó en llevar las suyas. Dio en amarrarse los pies uno con otro con las mangas de su camisa para que sus pasos se hicieran más desesperados. Después quiso llevar una corona de espinas. Tantito después se vendó los ojos, y más tarde, en los últimos trechos del camino, se hincó en la tierra, y así, andando sobre los huesos de sus rodillas y con las manos cruzadas hacia atrás, llegó a Talpa aquella cosa que era mi hermano Tanilo Santos; aquella cosa tan llena de cataplasmas y de hilos oscuros de sangre que dejaba en el aire, al pasar, un olor agrio como de animal muerto.

Y cuando menos acordamos lo vimos metido entre las danzas. Apenas si nos dimos cuenta y ya estaba allí, con la larga sonaja en la mano, dando duros golpes en el suelo con sus pies amoratados y descalzos. Parecía todo enfurecido, como si estuviera sacudiendo el coraje que llevaba encima desde hacía tiempo, o como si estuviera haciendo un último esfuerzo por conseguir vivir un poco más.

Tal vez al ver las danzas se acordó de cuando iba todos los años a Tolimán, en el novenario del Señor, y bailaba la noche entera hasta que sus huesos se aflojaban, pero sin cansarse. Tal vez de eso se acordó y quiso revivir su antigua fuerza.

Natalia y yo lo vimos así por un momento. En seguida lo vimos alzar los brazos y azotar su cuerpo contra el suelo, todavía con la sonaja repicando entre sus manos salpicadas de sangre. Lo sacamos a rastras, esperando defenderlo de los pisotones de los danzantes; de entre la furia de aquellos pies que rodaban sobre las piedras y brincaban aplastando la tierra sin saber que algo se había caído en medio de ellos.

A horcajadas, como si estuviera tullido, entramos con él en la iglesia. Natalia lo arrodilló junto a ella, enfrentito de aquella figurita dorada que era la Virgen de Talpa. Y Tanilo comenzó a rezar y dejó que se le cayera una lágrima grande, salida de muy adentro, apagándole la vela que Natalia le había puesto entre sus manos. Pero no se dio cuenta de esto; la luminaria de tantas velas prendidas que allí había le cortó esa cosa con la que uno se sabe dar cuenta de lo que pasa junto a uno. Siguió rezando con su vela apagada. Rezando a gritos para oír que rezaba.

Pero no le valió. Se murió de todos modos.

«...Desde nuestros corazones sale para Ella una súplica igual, envuelta en el dolor. Muchas lamentaciones revueltas con esperanza. No se ensordece su ternura ni ante los lamentos ni las lágrimas, pues Ella sufre con nosotros. Ella sabe borrar esa mancha y dejar que el corazón se haga blandito y puro para recibir su misericordia y su caridad. La Virgen nuestra, nuestra madre, que no quiere saber nada de nuestros pecados; que se echa la culpa de nuestros pecados; la que quisiera llevarmos en sus brazos para que no nos lastime la vida, está aquí junto a nosotros, aliviándonos el cansancio y las enfermedades del alma y de nuestro cuerpo ahuatado, herido y suplicante. Ella sabe que cada día nuestra fe es mejor porque está hecha de sacrificios...»

Eso decía el señor cura desde allá arriba del púlpito. Y después que dejó de hablar, la gente se soltó rezando toda al mismo tiempo, con un ruido igual al de muchas avispas espantadas por el humo.

Pero Tanilo ya no oyó lo que había dicho el señor cura. Se había quedado quieto, con la cabeza recargada en sus rodillas. Y cuando Natalia lo movió para que se levantara ya estaba muerto.

Afuera se oía el ruido de las danzas; los tambores y la chirimía; el repique de las campanas. Y entonces fue cuando me dio a mí tristeza. Ver tantas cosas vivas; ver a la Virgen allí, mero enfrente de nosotros dándonos su sonrisa, y ver por el otro lado a Tanilo, como si fuera un estorbo. Me dio tristeza.

Pero nosotros lo llevamos allí para que se muriera, eso es lo que no se me olvida.

Ahora estamos los dos en Zenzontla. Hemos vuelto sin él. Y la madre de Natalia no me ha preguntado nada; ni qué hice con mi hermano Tanilo, ni nada. Natalia se ha puesto a llorar sobre sus hombros y le ha contado de esa manera todo lo que pasó.

Y yo comienzo a sentir como si no hubiéramos llegado a ninguna parte, que estamos aquí de paso, para descansar, y que luego seguiremos caminando. No sé para dónde; pero tendremos que seguir, porque aquí estamos muy cerca del remordimiento y del recuerdo de Tanilo.

Quizá hasta empecemos a tenernos miedo el uno al otro. Esa cosa de no decirnos nada desde que salimos de Talpa tal vez quiera decir eso. Tal vez los dos tenemos muy cerca el cuerpo de Tanilo, tendido en el petate enrollado; lleno por dentro y por fuera de un hervidero de moscas azules que zumbaban como si fuera un gran ronquido que saliera de la boca de él; de aquella boca que no pudo cerrarse a pesar de los esfuerzos de Natalia y míos, y que parecía querer respirar todavía sin encontrar resuello. De aquel Tanilo a quien ya nada le dolía, pero que estaba como adolorido, con las manos y los pies engarruñados y los ojos muy abiertos como mirando su propia muerte. Y por aquí y por allá todas sus llagas goteando una agua amarilla, llena de aquel olor que se derramaba por todos lados y se sentía en la boca, como si se estuviera saboreando una miel espesa y amarga que se derretía en la sangre de uno a cada bocanada de aire.

Es de eso de lo que quizá nos acordemos aquí más seguido; de aquel Tanilo que nosotros enterramos en el composanto de Talpa; al que Natalia y yo echamos tierra y piedras encima para que no le fueran a desenterrar los animales del cerro.

Anacleto Morones

¡Viejas, hijas del demonio! Las vi venir a todas juntas,
en procesión. Vestidas de negro, sudando como mulas
bajo el mero rayo del sol. Las vi desde lejos como si fuera
una recua levantando polvo. Su cara ya ceniza de polvo.
Negras todas ellas. Venían por el camino de Amula, cantando entre rezos, entre el calor, con sus negros escapularios grandotes y renegridos sobre los que caía en gote-
rones el sudor de su cara.

Las vi llegar y me escondí. Sabía lo que andaban haciendo y a quién buscaban. Por eso me di prisa a escon-
derme hasta el fondo del corral, corriendo ya con los
pantalones en la mano.

Pero ellas entraron y dieron conmigo. Dijeron: «¡Ave
María Purísima!»

Yo estaba acuclillado en una piedra, sin hacer nada,
solamente sentado allí con los pantalones caídos, para
que ellas me vieran así y no se me arrimaran. Pero sólo
dijeron: «¡Ave María Purísima!» Y se fueron acercando
más.

¡Viejas indinas! ¡Les debería dar vergüenza! Se persig-
naron y se arrimaron hasta ponerse junto a mí todas juntas, apretadas como en manojos, chorreando sudor y
con los pelos untados a la cara como si les hubiera llovi-
znado.

—Te venimos a ver a ti, Lucas Lucatero. Desde Amula venimos, sólo por verte. Aquí cerquita nos dijeron que estabas en tu casa; pero no nos figuramos que estabas tan adentro; no en este lugar ni en estos menesteres. Creímos que habías entrado a darle de comer a las gallinas, por eso nos metimos. Venimos a verte.

¡Esas viejas! ¡Viejas y feas como pasmadas de burro!

—¡Díganme qué quieren! —les dije, mientras me fajaba los pantalones y ellas se tapaban los ojos para no ver.

—Traemos un encargo. Te hemos buscado en Santo Santiago y en Santa Inés, pero nos informaron que ya no vivías allí, que te habías mudado a este rancho. Y acá venimos. Somos de Amula.

Yo ya sabía de dónde eran y quiénes eran: podía hasta haberles recitado sus nombres, pero me hice el desentendido.

—Pues sí, Lucas Lucatero, al fin te hemos encontrado, gracias a Dios.

Las convidé al corredor y les saqué unas sillas para que se sentaran. Les pregunté que si tenían hambre o que si querían aunque fuera un jarro de agua para remojarse la lengua.

Ellas se sentaron, secándose el sudor con sus escapularios.

—No, gracias —dijeron—. No venimos a darte molestias. Te traemos un encargo. ¿Tú me conoces, verdad, Lucas Lucatero? —me preguntó una de ellas.

—Algo —le dije—. Me parece haberte visto en alguna parte. ¿No eres, por casualidad, Pancha Fregoso, la que se dejó robar por Homobono Ramos?

—Soy, sí, pero no me robó nadie. Ésas fueron puras

maledicencias. Nos perdimos los dos buscando garambullos. Soy congregante y yo no hubiera permitido de ningún modo...

—¿Qué, Pancha?

—¡Ah!, cómo eres mal pensado, Lucas. Todavía no se te quita lo de andar criminando gente. Pero, ya que me conoces, quiero agarrar la palabra para comunicarte a lo que venimos.

—¿No quieren ni siquiera un jarro de agua? —les volví a preguntar.

—No te molestes. Pero ya que nos ruegas tanto, no te vamos a desairar.

Les traje una jarra de agua de arrayán y se la bebieron. Luego les traje otra y se la volvieron a beber. Entonces les arrimé un cántaro con agua del río. Lo dejaron allí, pendiente, para dentro de un rato, porque, según ellas, les iba a entrar mucha sed cuando comenzara a hacerles la digestión.

Diez mujeres, sentadas en hilera, con sus negros vestidos puercos de tierra. Las hijas de Ponciano, de Emiliano, de Crescenciano, de Toribio el de la taberna y de Anastasio el peluquero.

¡Viejas carambas! Ni una siquiera pasadera. Todas caídas por los cincuenta. Marchitas como floripondios engarruñados y secos. Ni de dónde escoger.

—¿Y qué buscan por aquí?

—Venimos a verte.

—Ya me vieron. Estoy bien. Por mí no se preocupen.

—Te has venido muy lejos. A este lugar escondido. Sin domicilio ni quién dé razón de ti. Nos ha costado trabajo dar contigo después de mucho inquirir.

—No me escondo. Aquí vivo a gusto, sin la moledera

de la gente. ¿Y qué misión traen, si se puede saber? —les pregunté.

—Pues se trata de esto... Pero no te vayas a molestar en darnos de comer. Ya comimos en casa de *la Torcacita*. Allí nos dieron a todas. Así que ponte en juicio. Siéntate aquí enfrente de nosotras para verte y para que nos oigas.

Yo no me podía estar en paz. Quería ir otra vez al corral. Oía el cacareo de las gallinas y me daban ganas de ir a recoger los huevos antes que se los comieran los conejos.

—Voy por los huevos —les dije.

—De verdad que ya comimos. No te molestes por nosotras.

—Tengo allí dos conejos sueltos que se comen los huevos. Orita regreso.

Y me fui al corral.

Tenía pensado no regresar. Salirme por la puerta que daba al cerro y dejar plantada a aquella sarta de viejas canijas.

Le eché una miradita al montón de piedras que tenía arrinconado en una esquina y le vi la figura de una sepultura. Entonces me puse a desparramarlas, tirándolas por todas partes, haciendo un reguero aquí y otro allá. Eran piedras de río, boludas, y las podía aventar lejos. ¡Viejas de los mil judas! Me habían puesto a trabajar. No sé por qué se les antojó venir.

Dejé la tarea y regresé. Les regalé los huevos.

—¿Mataste los conejos? Te vimos aventarles de pedradas. Guardaremos los huevos para dentro de un rato. No debías haberte molestado.

—Allí en el seno se pueden empollar, mejor déjenlos afuera.

—¡Ah, cómo serás!, Lucas Lucatero. No se te quita lo hablantín. Ni que estuviéramos tan calientes.

—De eso no sé nada. Pero de por sí está haciendo calor de acá afuera.

Lo que yo quería era darles largas. Encaminarlas por otro rumbo, mientras buscaba la manera de echarlas fuera de mi casa y que no les quedaran ganas de volver. Pero no se me ocurría nada.

Sabía que me andaban buscando desde enero, poquito después de la desaparición de Anacleto Morones. No faltó alguien que me avisara que las viejas de la Congregación de Amula andaban tras de mí. Eran las únicas que podían tener algún interés en Anacleto Morones. Y ahora allí las tenía.

Podía seguir haciéndoles plática o granjeándomelas de algún modo hasta que se les hiciera de noche y tuvieran que largarse. No se hubieran arriesgado a pasarla en mi casa.

Porque hubo un rato en que se trató de eso: cuando la hija de Ponciano dijo que querían acabar pronto su asunto para volver temprano a Amula. Fue cuando yo les hice ver que por eso no se preocuparan, que aunque fuera en el suelo, había allí lugar y petates de sobra para todas. Todas dijeron que eso sí que no, porque qué iría a decir la gente cuando se enteraran de que habían pasado la noche solitas en mi casa y conmigo allí dentro. Eso sí que no.

La cosa, pues, estaba en hacerles larga la plática, hasta que se les hiciera noche, quitándoles la idea que les bullía en la cabeza. Le pregunté a una de ellas:

—¿Y tu marido qué dice?

—Yo no tengo marido, Lucas. ¿No te acuerdas que fui tu novia? Te esperé y te esperé y me quedé esperando.

Luego supe que te habías casado. Ya a esas alturas nadie me quería.

—¿Y luego yo? Lo que pasó fue que se me atravesaron otros pendientes que me tuvieron muy ocupado; pero todavía es tiempo.

—Pero si eres casado, Lucas, y nada menos que con la hija del Santo Niño. ¿Para qué me alborotas otra vez? Yo ya hasta me olvidé de ti.

—Pero yo no. ¿Cómo dices que te llamabas?

—Nieves... Me sigo llamando Nieves. Nieves García. Y no me hagas llorar, Lucas Lucatero. Nada más de acordarme de tus melosas promesas me da coraje.

—Nieves... Nieves. Cómo no me voy a acordar de ti. Si eres de lo que no se olvida... Eras suavecita. Me acuerdo. Te siento todavía aquí en mis brazos. Suavecita. Blanda. El olor del vestido con que salías a verme olía a alcanfor. Y te arrejuntabas mucho conmigo. Te repegabas tanto que casi te sentía metida en mis huesos. Me acuerdo.

—No sigas diciendo cosas, Lucas. Ayer me confesé y tú me estás despertando malos pensamientos y me estás echando el pecado encima.

—Me acuerdo que te besaba en las corvas. Y que tú decías que allí no, porque sentías cosquillas. ¿Todavía tienes hoyuelos en la corva de las piernas?

—Mejor cállate, Lucas Lucatero. Dios no te perdonará lo que hiciste conmigo. Lo pagarás caro.

—¿Hice algo malo contigo? ¿Te traté acaso mal?

—Lo tuve que tirar. Y no me hagas decir eso aquí delante de la gente. Pero para que te lo sepas: lo tuve que tirar. Era una cosa así como un pedazo de cecina. ¿Y para qué lo iba a querer yo, si su padre no era más que un vaquetón?

—¿Conque eso pasó? No lo sabía. ¿No quieren otra

poquita de agua de arrayán? No me tardaré nada en hacerla. Espérenme nomás.

Y me fui otra vez al corral a cortar arrayanes. Y allí me entretuve lo más que pude, mientras se le bajaba el mal humor a la mujer aquella.

Cuando regresé ya se había ido.

—¿Se fue?

—Sí, se fue. La hiciste llorar.

—Sólo quería platicar con ella, nomás por pasar el rato. ¿Se han fijado cómo tarda en llover? Allá en Amula ya debe haber llovido, ¿no?

—Sí, anteayer cayó un aguacero.

—No cabe duda de que aquél es un buen sitio. Llueve bien y se vive bien. A fe que aquí ni las nubes se aparecen. ¿Todavía es Rogaciano el presidente municipal?

—Sí, todavía.

—Buen hombre ese Rogaciano.

—No. Es un maldoso.

—Puede que tengan razón. ¿Y qué me cuentan de Edelmiro, todavía tiene cerrada su botica?

—Edelmiro murió. Hizo bien en morirse, aunque me esté mal el decirlo; pero era otro maldoso. Fue de los que le echaron infamias al Niño Anacleto. Lo acusó de abusionero y de brujo y engañabobos. De todo eso anduvo hablando en todas partes. Pero la gente no le hizo caso y Dios lo castigó. Se murió de rabia, como los huitacoches.

—Esperemos en Dios que esté en el infierno.

—Y que no se cansen los diablos de echarle leña.

—Lo mismo que a Lirio López, el juez, que se puso de su parte y mandó al Santo Niño a la cárcel.

Ahora eran ellas las que hablaban. Las dejé decir todo lo que quisieran. Mientras no se metieran conmigo, todo iría bien. Pero de repente se les ocurrió preguntarme:

—¿Quieres ir con nosotras?

—¿Adónde?

—A Amula. Por eso venimos. Para llevarte.

Por un rato me dieron ganas de volver al corral. Salirme por la puerta que da al cerro y desaparecer. ¡Viejas infelices!

—¿Y qué diantres voy a hacer yo a Amula?

—Queremos que nos acompañes en nuestros ruegos. Hemos abierto, todas las congregantes del Niño Anacleto, un novenario de rogaciones para pedir que nos lo canonicen. Tú eres su yerno y te necesitamos para que sirvas de testimonio. El señor cura nos encomendó le lleváramos a alguien que lo hubiera tratado de cerca y conocido de tiempo atrás, antes que se hiciera famoso por sus milagros. Y quién mejor que tú, que viviste a su lado y puedes señalar mejor que ninguno las obras de misericordia que hizo. Por eso te necesitamos, para que nos acompañes en esta campaña.

¡Viejas carambas! Haberlo dicho antes.

—No puedo ir —les dije—. No tengo quien me cuide la casa.

—Aquí se van a quedar dos muchachas para eso, lo hemos prevenido. Además está tu mujer.

—Ya no tengo mujer.

—¿Luego la tuya? ¿La hija del Niño Anacleto?

—Ya se me fue. La corrí.

—Pero eso no puede ser, Lucas Lucatero. La pobrecita debe andar sufriendo. Con lo buena que era. Y lo jovencita. Y lo bonita. ¿Para dónde la mandaste, Lucas? Nos conformamos con que siquiera la hayas metido en el convento de las Arrepentidas.

—No la metí en ninguna parte. La corrí. Y estoy seguro de que no está con las Arrepentidas; le gustaba mucho la bulla y el relajo. Debe de andar por esos rumbos, desfajando pantalones.

—No te creemos, Lucas, ni así tantito te creemos. A lo mejor está aquí, encerrada en algún cuarto de esta casa rezando sus oraciones. Tú siempre fuiste muy mentiroso y hasta levantafalsos. Acuérdate, Lucas, de las pobres hijas de Hermelindo, que hasta se tuvieron que ir para El Grullo porque la gente les chiflaba la canción de «Las güilotas» cada vez que se asomaban a la calle, y sólo porque tú inventaste chismes. No se te puede creer nada a ti, Lucas Lucatero.

—Entonces sale sobrando que yo vaya a Amula.

—Te confiesas primero y todo queda arreglado. ¿Desde cuándo no te confiesas?

—¡Uh!, desde hace como quince años. Desde que me iban a fusilar los cristeros. Me pusieron una carabina en la espalda y me hincaron delante del cura y dije allí hasta lo que no había hecho. Entonces me confesé hasta por adelantado.

—Si no estuviera de por medio que eres el yerno del Santo Niño, no te vendríamos a buscar, contimás te pediríamos nada. Siempre has sido muy diablo, Lucas Lucatero.

—Por algo fui ayudante de Anacleto Morones. Él sí que era el vivo demonio.

—No blasfemes.

—Es que ustedes no lo conocieron.

—Lo conocimos como santo.

—Pero no como santero.

—¿Qué cosas dices, Lucas?

—Eso ustedes no lo saben; pero él antes vendía santos. En las ferias. En la puerta de las iglesias. Y yo le cargaba el tambache.

»Por allí íbamos los dos, uno detrás de otro, de pueblo en pueblo. Él por delante y yo cargándole el tambache con las novenas de San Pantaleón, de San Ambrosio y de San Pascual, que pesaban cuando menos tres arrobas.

»Un día encontramos a unos peregrinos. Anacleto estaba arrodillado encima de un hormiguero, enseñándome cómo mordiéndose la lengua no pican las hormigas. Entonces pasaron los peregrinos. Lo vieron. Se pararon a ver la curiosidad aquella. Preguntaron: "¿Cómo puedes estar encima del hormiguero sin que te piquen las hormigas?"

»Entonces él puso los brazos en cruz y comenzó a decir que acababa de llegar de Roma, de donde traía un mensaje y era portador de una astilla de la Santa Cruz donde Cristo fue crucificado.

»Ellos lo levantaron de allí en sus brazos. Lo llevaron en andas hasta Amula. Y allí fue el acabose; la gente se postraba frente a él y le pedía milagros.

»Ése fue el comienzo. Y yo nomás me vivía con la boca abierta, mirándolo engatusar al montón de peregrinos que iban a verlo.»

—Eres puro hablador y de sobra hasta blasfemo. ¿Quién eras tú antes de conocerlo? Un arreapuercos. Y él te hizo rico. Te dio lo que tienes. Y ni por eso te acomides a hablar bien de él. Desgraciado.

—Hasta eso, le agradezco que me haya matado el hambre, pero eso no quita que él fuera el vivo diablo. Lo sigue siendo, en cualquier lugar donde esté.

—Está en el cielo. Entre los ángeles. Allí es donde está, más que te pese.

—Yo sabía que estaba en la cárcel.

—Eso fue hace mucho. De allí se fugó. Desapareció sin dejar rastro. Ahora está en el cielo en cuerpo y alma presentes. Y desde allá nos bendice. Muchachas, ¡arrodíllense! Recemos el «Penitentes somos, Señor», para que el Santo Niño interceda por nosotras.

Y aquellas viejas se arrodillaron, besando a cada padrenuestro el escapulario donde estaba bordado el retrato de Anacleto Morones.

Eran las tres de la tarde. Aproveché ese ratito para meterme en la cocina y comerme unos tacos de frijoles. Cuando salí ya sólo quedaban cinco mujeres.

—¿Qué se hicieron las otras? —les pregunté.

Y la Pancha, moviendo los cuatro pelos que tenía en sus bigotes, me dijo:

—Se fueron. No quieren tener tratos contigo.

—Mejor. Entre menos burros más olotes. ¿Quieren más agua de arrayán?

Una de ellas, la Filomena, que se había estado callada todo el rato y que por mal nombre le decían *la Muerta,* se culimpinó encima de una de mis macetas y, metiéndose el dedo en la boca, echó fuera toda el agua de arrayán que se había tragado, revuelta con pedazos de chicharrón y granos de huamúchiles:

—Yo no quiero ni tu agua de arrayán, blasfemo. Nada quiero de ti.

Y puso sobre la silla el huevo que yo le había regalado:
—¡Ni tus huevos quiero! Mejor me voy.

Ahora sólo quedaban cuatro.

—A mí también me dan ganas de vomitar —me dijo la Pancha—. Pero me las aguanto. Te tenemos que llevar a Amula a como dé lugar.

»Eres el único que puede dar fe de la santidad del Santo Niño. Él te ha de ablandar el alma. Ya hemos puesto su imagen en la iglesia y no sería justo echarlo a la calle por tu culpa.»

—Busquen a otro. Yo no quiero tener vela en este entierro.

—Tú fuiste casi su hijo. Heredaste el fruto de su santidad. En ti puso él sus ojos para perpetuarse. Te dio a su hija.

—Sí, pero me la dio ya perpetuada.

—Válgame Dios, qué cosas dices, Lucas Lucatero.

—Así fue, me la dio cargada como de cuatro meses cuando menos.

—Pero olía a santidad.

—Olía a pura pestilencia. Le dio por enseñarles la barriga a cuantos se le paraban enfrente, sólo para que vieran que era de carne. Les enseñaba su panza crecida, amoratada por la hinchazón del hijo que llevaba dentro. Y ellos se reían. Les hacía gracia. Era una sinvergüenza. Eso era la hija de Anacleto Morones.

—Impío. No está en ti decir esas cosas. Te vamos a regalar un escapulario para que eches fuera el demonio.

—...Se fue con uno de ellos. Que dizque la quería. Sólo le dijo: «Yo me arriesgo a ser el padre de tu hijo.» Y se fue con él.

—Era fruto del Santo Niño. Una niña. Y tú la conseguiste regalada. Tú fuiste el dueño de esa riqueza nacida de la santidad.

—¡Monsergas!

—¿Qué dices?

—Adentro de la hija de Anacleto Morones estaba el hijo de Anacleto Morones.

—Eso tú lo inventaste para achacarle cosas malas. Siempre has sido un invencionista.

—¿Sí? Y qué me dicen de las demás. Dejó sin vírgenes esta parte del mundo, valido de que siempre estaba pidiendo que le velara su sueño una doncella.

—Eso lo hacía por pureza. Por no ensuciarse con el pecado. Quería rodearse de inocencia para no manchar su alma.

—Eso creen ustedes porque no las llamó.

—A mí sí me llamó —dijo una a la que le decían Melquiades—. Yo le velé su sueño.

—¿Y qué pasó?

—Nada. Sólo sus milagrosas manos me arroparon en esa hora en que se siente la llegada del frío. Y le di gracias por el calor de su cuerpo; pero nada más.

—Es que estabas vieja. A él le gustaban tiernas; que se les quebraran los güesitos; oír que tronaran como si fueran cáscaras de cacahuete.

—Eres un maldito ateo, Lucas Lucatero. Uno de los peores.

Ahora estaba hablando *la Huérfana,* la del eterno llorido. La vieja más vieja de todas. Tenía lágrimas en los ojos y le temblaban las manos:

—Yo soy huérfana y él me alivió de mi orfandad; volví a encontrar a mi padre y a mi madre en él. Se pasó la noche acariciándome para que se me bajara la pena.

Y le escurrían las lágrimas.

—No tienes, pues, por qué llorar —le dije.

—Es que se han muerto mis padres. Y me han dejado sola. Huérfana a esta edad en que es tan difícil encontrar apoyo. La única noche feliz la pasé con el Niño Anacleto, entre sus consoladores brazos. Y ahora tú hablas mal de él.

—Era un santo.

—Un bueno de bondad.

—Esperábamos que tú siguieras su obra. Lo heredaste todo.

—Me heredó un costal de vicios de los mil judas. Una

vieja loca. No tan vieja como ustedes; pero bien loca. Lo bueno es que se fue. Yo mismo le abrí la puerta.

—¡Hereje! Inventas puras herejías.

Ya para entonces quedaban solamente dos viejas.

Las otras se habían ido yendo una tras otra, poniéndome la cruz y reculando y con la promesa de volver con los exorcismos.

—No me has de negar que el Niño Anacleto era milagroso —dijo la hija de Anastasio—. Eso sí que no me lo has de negar.

—Hacer hijos no es ningún milagro. Ése era su fuerte.

—A mi marido lo curó de la sífilis.

—No sabía que tenías marido. ¿No eres la hija de Anastasio el peluquero? La hija de Tacho es soltera, según yo sé.

—Soy soltera, pero tengo marido. Una cosa es ser señorita y otra cosa es ser soltera. Tú lo sabes. Y yo no soy señorita, pero soy soltera.

—A tus años haciendo eso, Micaela.

—Tuve que hacerlo. Qué me ganaba con vivir de señorita. Soy mujer. Y una nace para dar lo que le dan a una.

—Hablas con las mismas palabras de Anacleto Morones.

—Sí, él me aconsejó que lo hiciera, para que se me quitara lo hepático. Y me junté con alguien. Eso de tener cincuenta años y ser nueva es un pecado.

—Te lo dijo Anacleto Morones.

—Él me lo dijo, sí. Pero hemos venido a otra cosa; a que vayas con nosotras y certifiques que él fue un santo.

—¿Y por qué no yo?

—Tú no has hecho ningún milagro. Él curó a mi marido. A mí me consta. ¿Acaso tú has curado a alguien de la sífilis?

—No, ni la conozco.

—Es algo así como la gangrena. Él se puso amoratado y con el cuerpo lleno de sabañones. Ya no dormía. Decía que todo lo veía colorado como si estuviera asomándose a la puerta del infierno. Y luego sentía ardores que lo hacían brincar de dolor. Entonces fuimos a ver al Niño Anacleto y él lo curó. Lo quemó con un carrizo ardiendo y le untó de su saliva en las heridas y, sácatelas, se le acabaron sus males. Dime si eso no fue un milagro.

—Ha de haber tenido sarampión. A mí también me lo curaron con saliva cuando era chiquito.

—Lo que yo decía antes. Eres un condenado ateo.

—Me queda el consuelo de que Anacleto Morones era peor que yo.

—Él te trató como si fueras su hijo. Y todavía te atreves... Mejor no quiero seguir oyéndote. Me voy. ¿Tú te quedas, Pancha?

—Me quedaré otro rato. Haré la última lucha yo sola.

—Oye, Francisca, ora que se fueron todos, te vas a quedar a dormir conmigo, ¿verdad?

—Ni lo mande Dios. ¿Qué pensaría la gente? Yo lo que quiero es convencerte.

—Pues vámonos convenciendo los dos. Al cabo qué pierdes. Ya estás revieja, como para que nadie se ocupe de ti, ni te haga el favor.

—Pero luego vienen los dichos de la gente. Luego pensarán mal.

—Que piensen lo que quieran. Qué más da. De todos modos Pancha te llamas.

—Bueno, me quedaré contigo; pero nomás hasta que amanezca. Y eso si me prometes que llegaremos juntos a Amula, para yo decirles que me pasé la noche ruéguete y ruéguete. Si no, ¿cómo le hago?

—Está bien. Pero antes córtate esos pelos que tienes en los bigotes. Te voy a traer las tijeras.

—Cómo te burlas de mí, Lucas Lucatero. Te pasas la vida mirando mis defectos. Déjame mis bigotes en paz. Así no sospecharán.

—Bueno, como tú quieras.

Cuando oscureció, ella me ayudó a arreglarle la ramada a las gallinas y a juntar otra vez las piedras que yo había desparramado por todo el corral, arrinconándolas en el rincón donde habían estado antes.

Ni se las malició que allí estaba enterrado Anacleto Morones. Ni que se había muerto el mismo día que se fugó de la cárcel y vino a reclamarme que le devolviera sus propiedades.

Llegó diciendo: —Vende todo y dame el dinero, porque necesito hacer un viaje al Norte. Te escribiré desde allá y volveremos a hacer negocio los dos juntos.

—¿Por qué no te llevas a tu hija? —le dije yo—. Eso es lo único que me sobra de todo lo que tengo y dices que es tuyo. Hasta a mí me enredaste con tus malas mañas.

—Ustedes se irán después, cuando yo les mande avisar mi paradero. Allá arreglaremos cuentas.

—Sería mucho mejor que las arregláramos de una vez. Para quedar de una vez a mano.

—No estoy para estar jugando ahorita —me dijo—. Dame lo mío. ¿Cuánto dinero tienes guardado?

—Algo tengo, pero no te lo voy a dar. He pasado las de Caín con la sinvergüenza de tu hija. Date por bien pagado con que yo la mantenga.

Le entró el coraje. Pateaba el suelo y le urgía irse...

«¡Que descanses en paz, Anacleto Morones», dije cuando lo enterré, y a cada vuelta que yo daba al río acarreando piedras para echárselas encima: «No te saldrás de aquí aunque uses todas tus tretas.»

Y ahora la Pancha me ayudaba a ponerle otra vez el peso de las piedras, sin sospechar que allí debajo estaba Anacleto y que yo hacía aquello por miedo de que se saliera de su sepultura y viniera de nueva cuenta a darme guerra. Con lo mañoso que era, no dudaba que encontrara el modo de revivir y salirse de allí.

—Échale más piedras, Pancha. Amontónalas en este rincón, no me gusta ver pedregoso mi corral.

Después ella me dijo, ya de madrugada:

—Eres una calamidad, Lucas Lucatero. No eres nada cariñoso. ¿Sabes quién sí era amoroso con una?

—¿Quién?

—El Niño Anacleto. Él sí que sabía hacer el amor.

Índice

Los relatos de Juan Rulfo incluidos en este libro figuran en la recopilación de textos del autor mexicano publicada en la colección «El Libro de Bolsillo» de Alianza Editorial bajo el título *Antología personal,* con el número 1353.

❧

Otras obras del autor en Alianza Editorial:

El gallo de oro (LB 872)
Antología personal (LB 1353)

Títulos de la colección: